光文社文庫

長編時代小説

花の闇

隅田川御用帳㈡

藤原緋沙子

光 文 社

※本書は、二〇〇三年三月に
廣済堂文庫より刊行された
『花の闇　隅田川御用帳〈二〉』を、
文字を大きくしたうえで、
さらに著者が大幅に加筆したものです。

目次

伝通院
小石川
白山
神明宮
中山道
駒込
小石川御門
水戸徳川家
春日町
水道橋
駒込追分
千駄木
御林
加賀前田家
本郷
道灌山
日暮里
霊雲寺
湯島聖堂
湯島天神
神田大明神
妻恋坂
仲町
池之端
不忍池
弁天
築山藩の上屋敷
下谷広小路
外神田
東叡山寛永寺
根岸
谷中本村
下谷金杉町
御徒町
下谷の御徒組屋敷
下谷山崎町
向柳原
三味線堀
広徳寺
幡随院
下谷竜泉寺町
阿部川町
新吉原
千住大橋
御蔵前片町
新堀川
日本堤
東本願寺
御米蔵
御蔵前通り
御蔵前
浅草寺
小塚原
浅草広小路
田原町
三間町
並木町
諏訪町
駒形町
山谷町
新鳥越町
新鳥越橋
御厩河岸之渡し
雷門
浅草駒形堂
花川戸町
聖天町
山谷堀
今戸橋
今戸町
白鬚之渡し
吾妻橋
竹町之渡し
源森橋
隅田川
竹屋之渡し
瓦町
中之郷
源森川
三囲稲荷
長命寺
向島墨堤
木母寺
隅田村
北割下水
小梅村
須崎村
寺島村
恩寺橋
業平橋
小梅村
天神橋
押上村
十間川
亀戸天神

『隅田川御用帳』の世界
番町
田安御門
半蔵御門
西之御丸
虎之御門
外桜田御門
新シ橋
雉子橋御門
江戸城
一橋御門
和田倉御門
猿楽町
幸橋
南町奉行所
土橋
北町奉行所
富士見坂
神田橋御門
数寄屋橋御門
呉服橋御門
常盤橋御門
←至高輪
竜閑橋
汐留橋
鍛冶町
昌平橋
濱御殿
水谷町
京橋
数寄屋町
平永町
今川橋
伊沢道場
築地の浴恩園
西本願寺
木挽町
日本橋
室町
岩本町
内神田
神田川
佐久間河岸
神田相生町
楓川
本船町
八丁堀
弾正橋
海賊橋
大伝馬町
小伝馬町
江戸橋
水谷町
組屋敷
八丁堀
坂本町
柳原通
中之橋
浜町堀
馬喰町
佐久間町
神田
日本橋川
両国広小路
浅草橋
稲荷橋
栄橋
船松町
高橋
新川
一ノ橋
行徳河岸
米沢町
十四郎の住む長屋
霊岸島
佃島
二ノ橋
浜町堀
行徳川
薬研堀
柳橋
両国橋
石川島
永代橋
尾上町
隅田川
熊井町
佐賀町
今川町
上之橋
万年橋
新大橋
一ツ目之橋
元町
三ツ屋
万年町
松井町
相生町
松坂町
回向院
御竹蔵
橘屋
海辺大工町
六間堀
要津寺
越中島
永代寺門前山本町
慶光寺
常盤町
松井橋
二ツ目之橋
海辺橋
高橋
深川元町
仙台堀
深川
弥勒寺橋
蓬莱橋
富岡八幡宮
浄心寺
小名木川
五間堀
本所
南割下水
亀久橋
霊巌寺
竪川
雲光院
芝翫河岸
三ツ目之橋
洲崎
木場
三笠町
新高橋
入江町
横川
南辻橋
猿江橋
亀戸村
長崎橋
西
北
東
猿江町
御材木蔵
清水橋
横十間川
0
1km

「隅田川御用帳」シリーズ　主な登場人物

塙十四郎　築山藩定府勤めの勘定組頭の息子だったが、家督を継いだ後、御家断絶で浪人に。武士に襲われていた楽翁を剣で守ったことがきっかけとなり「御用宿　橘屋」で働くことに。一刀流の剣の遣い手。寺役人の近藤金五とはかつての道場仲間。

お登勢　橘屋のおかみ。三年前に亭主を亡くし、以降、女手一つで橘屋を切り盛りしている。

近藤金五　慶光寺の寺役人。十四郎とは道場仲間。

藤七　橘屋の番頭。十四郎とともに調べをするが、捕物にも活躍する。

万吉　橘屋の小僧。孤児だったが、お登勢が面倒を見ている。

お民　橘屋の女中。

おたか　橘屋の仲居頭。

八兵衛　塙十四郎が住んでいる米沢町の長屋の大家。

松波孫一郎

北町奉行所の吟味方与力。金五が懇意にしており、橋屋ともいい関係にある。

柳庵

橋屋かかりつけの医者。本道はもとより、外科も極めている医者で、父親は表医師をしている。

万寿院（お万の方）

十代将軍家治の側室お万の方。落飾して万寿院となる。慶光寺の主。

春月尼

慶光寺の禅尼。万寿院について大奥から一緒に下がってきた。

楽翁（松平定信）

かつては権勢を誇った老中首座。隠居して楽翁を号するが、まだ幕閣に影響力を持つ。

花の闇

隅田川御用帳（二）

第一話　虎落笛《もがりぶえ》

一

両国橋《りょうごくばし》西詰の両袂《たもと》には御上《おあが》り場《ば》がある。河岸に石段をつけ厳重に柵をめぐらしたこの場所は、将軍や御三家が船遊びをした時の上陸場所。下々の誰も近寄ることのできないその水際に、無数の都鳥《みやこどり》が白い羽を閉じ、吹きすさぶ寒風にじっと耐えるようにたゆたっていた。それはまるで、黒い川面に白い花が咲いているようにも見えた。

——雪になるかな……。

塙《はなわ》十四郎《じゅうしろう》はどんよりとした空を見上げ、両国橋に足を掛けた。

途端に突風が橋の下から襲って来た。綿入れの胴着を着込んではいるが、風は着物の裾や袖口の僅かな隙間から肌を刺した。

十四郎は襟巻を押さえ、ふと橋向こうの袂で、足踏みをしながら掌《て》に息を吐き吐き、寒さに耐え、餅を売っているであろう男の姿を思い浮かべた。

男はまれにみる醜男だった。黒くて四角い面に狸《たぬき》の目鼻を踏んづけたような造作《ぞうさく》、そんじょそこらで見掛ける面相《めんそう》ではけっしてない。しかも背丈は四尺五寸（約一三六センチ）あるかなしか、手足も短く一度会ったら忘れられない容姿であった。

そんな体に、つぎはぎの布子《ぬのこ》（木綿の綿入れ）の短衣をまとい、天秤棒の前後に御膳籠《ごぜんかご》を担いで隅田川沿いで餅の担い売りをしているのだが、背が低いために遠目には御膳籠が移動しているように見えた。

荷物を担いでいるというよりは、担がれているといった感じであった。

男は昼過ぎまでは両国橋界隈で店を張り、午後にはきまって川沿いを下って永《えい》代《たい》橋まで移動し、最後には深川《ふかがわ》一帯で商っているらしい。

「餅や〜餅。大福餅。白くて柔らかい大福餅。甘くて美味しい大福餅。一つ五文《もん》でござい〜」

男が発する言葉はきまってそれのみ。だが、男の売る餅は評判がいいようで、いつも籠のまわりには女子供が集まっていた。

近年は餅の種類も様々で、桜餅や牡丹餅《ぼたもち》も有名だが、文化《ぶんか》の末に安くて美味しいと評判をとった腹太餅《はらぶと》は、今や大福餅にその人気をさらわれたという感がある。

腹太餅が塩餡《あん》だったのに比べ、大福餅には砂糖を使った甘い餡が入っていると聞いている。甘党の女子供が見逃す筈はなく、十四郎が住む米沢町《よねざわちょう》の裏店《うらだな》でも話題に上っているようだ。

男は今流行《はやり》のその大福餅を、にこにこと笑顔を振りまき、ひび割れた手で、雨の日以外は一日もかかさず売り歩く。

誰にも負けないほどの醜男が、しかもけっして金に縁があるとも思えない風体で……だが、なぜかその風貌からは仕事の辛さや日常の苦労などは見えてはこない。それが十四郎の心を捉えていた。

十四郎は駆け込み寺『慶光寺《けいこうじ》』の寺宿『橘屋《たちばな》』に雇われて、かれこれ八か月になる。

駆け込みの事件が起こる度に、慶光寺の寺役人近藤金五《こんどうきんご》や橘屋の主お登勢《とせ》に呼ばれて、両国橋を渡るのだが、その道中で、この大福餅売りの男ほど気にかかるものはない。

男の存在に気づいたのは半月も前だった。垣間見《かいま》える男の風情には、十四郎が幼い頃に、藩邸の役宅に野菜を担いで時折父を訪ねてきていた、近隣の小百姓の小男が重なった。

小男は役宅に来る度に、十四郎に竹トンボを持ってきた。寡黙《かもく》だが優しさがにじみ出ていたその小男を、十四郎は子供心に心待ちしていたことを思い出す。

大福餅売りの醜男には、名状《めいじょう》しがたい、どこかに郷愁をそそられるというか、ほうってはおけないような、そんな気持ちが動いていた。

だから今日も、橘屋の小僧万吉《まんきち》がやってきて、

「十四郎様。本日おつたさんが寺入りとなりました。立ち会いをお願いします」

と、お登勢の事伝《ことづて》を棒読みするように告げられた時、この刻限ならまたあの男に会えるかもしれない、と思ったのである。

おつたというのは、深川の鳶《とび》職松吉《まつきち》の女房だが、松吉が酒浸りでしかも博打《ばくち》に明け暮れ、ほとほと嫌気がさしたと橘屋に駆け込んできた女であった。

先日双方の親や、二人が住まいする裏店の大家なども呼び出して、慶光寺の寺務所内にある白洲《しらす》で夫婦の取り調べが行われたが、話はどこまでも平行線でつい

に物別れとなっていた案件である。

おつたが寺入りと決まったからには、なにがなんでも離別へ向けて話は進められることになったようだ。正式におつたを慶光寺へ駆け込み人として引き渡すその介添え役を、お登勢は十四郎に頼みたいのだと言ってきた。

慶光寺の寺役人近藤金五は十四郎の幼馴染み。なにほども堅苦しい口上を述べる必要もないのだが、一応役目としての形は整えなければならぬ。刻限に間に合えばそれでいい。

先日白洲で思い詰めていたおつたの表情を思い出しながら、十四郎は足早に橋を渡った。

はたして、例の醜男は、両国橋の袂に店を張る掛け茶屋を風よけにして立ち、御膳籠を前に置いて声を張り上げていた。

しかし天候悪しく、往来する人もせわしなく行き過ぎるため、餅はおおかた売れずに籠におさまっているようだった。

側を通り過ぎる十四郎に醜男は誘いの笑みを投げてきたが、餅を買うのは照れくさく、十四郎は気づかぬ振りをして通り過ぎた。

その時だった。突然男の売り声が中断した。

振り向くと、醜男は数人のヤクザな男たちに囲まれていた。

「めざわりだって言ってるんだ……それに何だ、この餅は」

ヤクザな男は籠に手を入れ餅をつかんでひとくち噛むと、

「まずいな」

ペッと吐きだした。

「な、な、何するんだ」

「うるせえ……こんなまずいものを売りつけやがって、おい、みんな大川《おおかわ》へ叩きこんでやれ」

ヤクザな男は言うが早いか、醜男をぶっ飛ばした。

「待て！」

十四郎は引き返した。

「何をするんだ。乱暴はよせ」

走りよってヤクザな男たちを一喝し、昏倒《こんとう》している醜男を抱き起こした。

と、十四郎の喉元にピタリと抜き身が当てられた。

「手を引け。去れ」

押し殺した声が、十四郎の頭上に落ちた。

ゆっくりと首を回すと、総髪《そうはつ》で鬚髯《しゅぜん》を蓄えた浪人が見下ろしていた。

「やっ……」

十四郎が目の端に浪人の顔を捉えたその時、突然浪人が声を発して刃を引いた。

「……」

見上げた十四郎は瞠目《どうもく》した。浪人も驚愕して見詰めている。

「おぬしは……」

十四郎は素早く記憶を呼び戻し、

「……喜平次《きへいじ》ではないのか」

と、その名を告げたが、浪人は顔を背《そむ》けるや脱兎《だっと》のごとく走り去った。

「ちくしょう、覚えていやがれ」

あたふたと、ヤクザな男たちも浪人の後を追った。

「だ、旦那様。あ、ありがとうございました」

醜男は鼻から吹き出した血を手の甲で拭きながら、十四郎に頭を下げた。

「大丈夫か」

十四郎は懐から手巾《しゅきん》を出して、男の前に差し出した。

「い、いいえ、それは」

男は手巾を押し返し、腰の手ぬぐいを引き抜くと、その端を破って血の出る鼻の穴に突っ込んだ。

鼻は、徳利《とつくり》の口に栓をしたかのようになった。狸顔が一層際立って見え、十四郎は込み上げてくる笑いを押し込めた。

「なぜ襲われた。覚えがあるのか」

「い、いいえ」

男は困ったように首をかしげた。本当に見当もつかないという顔をした。

「そうか……送っていこうか」

「いえ、だ、大丈夫でございます」

男には軽い吃音があるようだった。売り声が一辺倒なのも、それが原因だったのかと納得した。きっと口上《こうじよう》だけは、なめらかに発するように、練習に練習を重ねたに違いない。

「今日はこの天気だ。早くしまって帰るといい」

「へい……ご、ご恩はわすれません」

醜男はもう一度、短い体をぺこりと折った。

——それにしても……。

十四郎は隅田川沿いを深川にある橘屋に向かいながら、今さっき顔を背けるようにして走り去った浪人が、ずっと頭から離れずにいた。

確かにあの男、かつて十四郎が勤めていた築山藩《つきやま》で御馬廻《おうままわ》り役だった、加納喜《かのう》平次ではなかったか。

髭面《ひげづら》で判別はできかねたが、驚愕して十四郎を見詰めたあの茶色がかった目の色や、見る影もなく痩せてはいたが、逃げていく後ろ姿は上屋敷の馬小屋で何度か立ち話をしたことのある喜平次の面影と重なった。

記憶をたどり、考えを巡《めぐ》らすほど、それは確信にかわっていった。

築山藩は十四郎が家督《かとく》を継いでまもなく、お取り潰しになっている。

一族郎党職を失い、ほとんどの人間が他藩に仕官も叶《かな》わぬままほうり出されてもはや五年、誰がどのようにその後糊口《ここう》を凌《しの》いできたのか知るよしもない。

何の手当てもなく放逐《ほうちく》された者たちは、この江戸のどこかで、あるいは仕官をもとめて流浪の旅先で、まだ細々と生き長らえていることは間違いなかった。

十四郎もついこの間まで、口入屋の仕事でその日暮らしを続けてきた。だから喜平次や、かつての同輩がどんな生き方をしようが責められる筈もない。

だが、抜き身を放って人を脅し、その日の糧《かて》を得ているとなれば話は違う。十四郎の知っている喜平次は、けっしてそんな男ではなかった筈だ。

――しかし……。

妻子がいればそんな綺麗事も言ってはおられぬということもある。浪々《ろうろう》の身の辛さ、とりわけ屈辱に満ちた日々と、どこにも根を下ろせない浪人の焦慮《しょうりょ》と孤独感を、十四郎は改めて考える。

自身も糊口を凌ぐという意味では今の暮らしに不足はないが、このまま、浪人で一生を終えるのかという忸怩《じくじ》たる思いがある。

武士の本懐は浪人では遂げられぬ。望みを捨てるにはまだ年若く、憤りをもっていく場所もなく、心の奥に鬱々《うつうつ》としたものを飼い続けているのであった。

あの男が、喜平次であってほしくない。十四郎はそう願った。


「あら。十四郎様、その人、杢助《もくすけ》さんのことじゃないかしら」

十四郎がおつたを慶光寺に引き渡して橘屋に戻ってくると、外出先から帰ってきたお登勢に会い、茶を喫しながら大福餅売りの話をすると、お登勢は即座にそう言った。

「杢助というのか、あの男」

「ええ、評判ですもの。杢助さんの大福餅は……」

「ほう、そうなのか。それほど美味いのか」

「はい……それというのも、美味しい大福をつくっているのが美人のおかみさんだっていうので、それで……」

「へえ……女房がいるのか、あの男に」

「すらりと背の高い、綺麗な人です」

「本当か」

俄《にわ》かには信じがたい話である。

「ええ……私も一度、杢助さんのおかみさんに元町《もとまち》にある薬種《やくしゅ》問屋の『近江《おうみ》屋』さんでばったり会ったことがありますが、細面で色白の、楚々《そそ》とした感じで、とても好ましい方でした」

「待て待て。今さっき俺が話した男はだな、背の低い、色の黒い、狸のような顔をした……」

「だから杢助さんですよ。間違いありません」

と、お登勢はくすくす笑うと、

「もうすぐ分かりますよ。大福餅、届けてくれるように頼んできましたから」

「何……」

「あらあら……十四郎様は、杢助さんのおかみさんが美人だと聞いて、ますます興味をお持ちになったようでございますね」

お登勢はからかった。

駆け込み人の事件を捌《さば》くお登勢には、想像を絶する厳しさがある。だがこうして世間話に興じる時は、お登勢は普通の女であった。お登勢には一筋縄ではくくり切れない魅力があった。

十四郎が心の奥を言い当てられて、もごもごと頭を掻いていると、女中のお民《たみ》が走ってきて、

「おかみさん、杢助さんが今玄関にみえました。十四郎様、大福餅いただけますよ」

などと弾んだ声で言う。

「すぐに行きます……十四郎様」

お登勢は目顔で十四郎を促した。

誘われるままに、お登勢の後ろにくっついて玄関に出てみると、にこにこ笑いながら、御膳籠から餅を取り出す醜男と目が合った。

あっと醜男の方が驚いた。

「だ、旦那様は……こ、こ、ここの」

「杢助さん。このお方は塙十四郎様とおっしゃって、今うちの仕事をお願いしている方なんですよ」

「さ、先ほどはあ、ありがとう、ご、ご、ございました」

杢助はまた頭をぺこりと十四郎に下げた。鼻の詰め物もとれたようだが、狸顔には変わりはなかった。

お登勢は籠に残っていた餅をすべて買い上げ、その半分をお民に持たせて慶光寺に走らせた。

そして残りの餅を、皆で食べるように別の女中に言いつけた。

十四郎の前にも白い餅が一つ、お登勢が勧めた。

食してみると、なるほど美味い。皮は薄くやわらかく、餡の甘さが絶妙だった。

杢助がじっと様子を窺《うかが》っている。

「杢助とやら、美味いな」

「へ、へい」

杢助は嬉しそうに頭を振った。

「これなら振り売りをしなくても客はつくんじゃないか。店を構えた方がたくさん売れるぞ。寒いのに立ちん坊しなくて済む」

「そういうわけにはいかないんですよ。杢助さんが振り売りをするのには深い理由《わけ》があるんですから」

杢助に代わってお登勢が答えた。

「理由?」

「ええ。杢助さんは振り売りをしながら、生き別れになった弟さんを探しているんです」

お登勢の話によれば、杢助が十五歳になってまもなくのこと、突然母親が亡くなった。父親は行方《ゆきがた》知れずになって久しく、後にはようやく五歳になった弟と杢助が残された。

悲しんでいる暇もなく杢助は、幼い弟を育てるために、しじみを売ったり、もっこを担いだり、ありとあらゆる仕事をした。

弟にだけは将来いい暮らしをしてほしい。それが杢助の願いであった。そのためにはまとまった金がいる。

杢助は、細々とだが金を貯めた。そして十七歳で金三両を手にした時、『なんでも五十文屋《もんや》』の振り売りを始めたのである。

米、味噌、塩、はみがき粉や布切れに至るまで、手に入る食料品や日用雑貨をすべて五十文単位で売る振り売りだった。貧しい裏店暮らしを骨の髄《ずい》まで知り尽くしている杢助ならではの商いだった。

裏店の生活は、職人の手間賃で一日あたり銀三匁《もんめ》から五匁、銭にしておよそ二百文から三百五十文の稼ぎである。一見ゆとりがあるように見えるのだが、毎日仕事にありつけるという保証はなく、店賃の四、五百文さえ滞っている輩《やから》もいる。

日々入用の米代も、『百文売屋』にきっちり百文を握って三升の米を買いに走るのがやっとの状態、米は買えても、味噌や油もとなると、そんな金は残っていないという家も多かった。

せめて五十文でなんでも買えれば、貧しい暮らしも凌ぎやすくなる。自身と同じ境遇に身を置く者たちを対象にした、薄利多売の商いだった。

商いを始めてみると、案の定『五十文屋』にはすぐに客がつき、杢助は儲けた金で当時八歳になっていた弟源太《げんた》を手習い所に通わせた。

源太は頭がよかった。手習い所では首席であった。

嬉しくなった杢助は、今度は源太を剣の道場にも入門させた。

儲けた金はすべて弟の養育のために使う。それが杢助の幸せでもあった。

ところが、何もかもうまく行きかけたその矢先、杢助二十一歳の時、住んでいた長屋の一軒が火を出して、周りの町数十町《ちょう》を焼く大火となった。

出火があったのは夜半過ぎ、ちょうど皆が寝込んだ頃。突然の半鐘《はんしょう》に誰もかれも飛び起きて、火の手に追われ、手探りで神田《かんだ》川沿いの火除《ひよ》け地めざして先を争って走って行った。

「兄ちゃんの手を離すな。もしもはぐれてしまったら、両国橋の袂で会おう。いいな」

杢助はそう叫ぶと、仕入れていた商売の品は全て捨て置き、手元にあった金袋をひっつかみ、弟の手を引いて火除け地に向けてつっ走った。

だが、慌《あわ》てふためく人の波に方向を失って、前後左右に流れるのに身をまかせているうちに、ついに源太と離れてしまった。

杢助は、火勢が落ち着くのを待って神田川沿いから両国橋、果ては隅田川沿いまで捜したが、源太はついに見つからなかった。以来弟を捜して十年の歳月がたっている。

「そういう事情だから、お店を構えることなんて考えられないんですよ。隅田川沿いを行き来していれば、いつか弟さんに会えるって……そうでしょ、杢助さん」

杢助は、にこにこして頷いた。

——しかし、そんな男を、あのヤクザどもはなぜ襲った。隅田川沿いを振り売りしている者は他にもたくさんいるではないか。

十四郎は人畜無害の人の好さそうな顔をした杢助を見て、疑問が残った。

二

おや、と十四郎は裏店の木戸に入るや立ち止まった。

それぞれの軒から夕餉《ゆうげ》の明りが漏れているのはいいとして、留守である筈の十四郎の家からも仄《ほの》かな明りが戸口の障子に流れていた。

「あら、旦那、お帰りなさい」

十四郎の足音を聞きつけて、斜め向かいの鋳《い》掛《か》け屋の女房おとくが布子の綿入れ半纏《ばんてん》をひっ掛けながら、走り出てきた。

「お客さんですよ」

「客?」

「ええ。お武家さん。もう一刻《いっとき》(二時間)以上もお待ちですよ。余計なことだと思ったんだけど、あたしが灯を入れました。この寒さだし炭も熾《おこ》して、お茶も出しておきましたから」

「そうか、それはすまなかった」

「旦那、仕官の話かもしれませんね」

おとくは声を潜め、得意の詮索《せんさく》するような目を向けた。

「きりりとした立派なお武家さんですよ。どうしても、旦那に会いたいとおっしゃって……ええっと、そうそう秋津《あきつ》藩といったかしらね」

「秋津藩?」

「覚え、あるんでしょ」

「ないな。まっ、とにかく、ありがとう」

おとくに礼を述べて、戸口に立った。

「えへん……」

わざと咳払いをして戸を開けると、

「塙殿、お久し振りです。左源太《さげんた》でございます」

背丈五尺五寸（約一六七センチ）以上もあろうかと思われる、若く凛々《りり》しい武家が笑顔を向けて立ち上がった。

「左源太……おう、あの時の」

「はい。一年ぶりです」

「それにしても、どうしたのだ、その格好は」

「実は、あの事故が縁で秋津藩に士分としてとりたてられまして、一度は秋津藩の国元に参ったのですが、先月殿様の参勤交代で江戸に出府して参りました。それで、ぜひ塙殿にお会いしたくて……」

「そうか、それはよかった。見違えたぞ」

「いえ、武士の言葉も身なりも、まだ馴染《なじ》みませぬ」

「いやいや、立派なものだ。よし、祝い酒だ、いいのだろう」

「もちろんです。塙殿がそうおっしゃると思いまして、いろいろ見繕《つくろ》って参りました」

左源太は側に置いていた風呂敷包みを解いた。どこかで弁当を調達してきていた。

「私が侍になれるとは、夢のようです。天地がひっくりかえったような気分です」

左源太は喜びを隠しきれぬというように、盃を掲《かか》げた。

思えばちょうど一年前、十四郎は日本橋通《にほんばしどおり》南一丁目の路上の角で、暴走してくる牛車に今にも轢《ひ》かれそうになった供連れの武家の娘を目撃した。

周りの者たちは騒然とするばかりで、武家の娘は恐怖のあまり立ちすくんだ。

「いかん。離れろ！」

十四郎は叫びながら、その娘の前に飛び込んだ。

だが、一瞬早く娘の前に立ちはだかって、向かって来た牛の角をはっしと摑《つか》み、

「ウオー！」

と叫ぶと、そのままどうと牛を倒した男がいた。

一瞬辺りには土煙が上がり、荷車に積んでいた米の俵が散乱したが、やがて、土煙の中から立ち上がったのが、渡世人《とせいにん》姿の左源太だった。

息を呑んで見守っていた見物人から、どよめきが起こり、やがてそれは歓声となった。

江戸府中では、人を轢死《れきし》させれば流罪《るざい》以上の厳しいお咎《とが》めを受けることになっている。轢死を免れた娘はむろんのことだが、牛を引いていた者も、まれにみる膂力《りょりょく》の持ち主に助けられたのであった。

牛方も、武家の娘の供の者も、十四郎と左源太に丁寧に礼を述べた。

その後二人は合力《ごうりき》した親しさも手伝って、近くの縄暖簾で酒を飲んだ。

翌日に牛屋の主が、翌々日には老武家が、菓子折りを持って十四郎を訪ねてきたが、そういえば老武家は、あの時秋津藩の者だと名乗り、娘は藩主の側室の娘だったと言ったような記憶がある。

「私がしゃしゃり出なければ塙殿の手柄だった筈、私ばかりがこういう結果になりまして、申し訳ない」

左源太は頭を下げた。

「とんでもない。俺には暴れ牛などとても倒せぬ。咄嗟《とっさ》に飛び込んだだけなのだ。おぬしがいなかったらどうなっていたか分からぬ。俺に遠慮などは無用でござる」

「そう言っていただくとかたじけない。お陰で私は今は岡野《おかの》という姓を頂きまして、岡野左源太と名乗っています」

「岡野左源太か……いい名だ」

「ありがとうございます。でも、塙殿のことはずっと気になっておりました」

「おぬしの力だ。気にされる事はない。それより無事、おぬしが勤め上げられるよう祈っているぞ」

「はい」

「で、いつまで江戸におられるのだ」

「供をして参りました家来の半数はすぐに国元に引き返しましたが、私は殿が国元に帰られるまでこの江戸におります。その間に、どうしても捜し出さなくてはならない人がおりまして……」

「人捜しか」

「はい。実は、私には生き別れになった兄がおります。兄といっても私にとっては親同然。その兄に会えましたら、私の立身した姿を見てほしい。それに、暮らしが成り立っていないのなら、国元に連れ帰り、一緒に暮らしたいと考えているのです」

「ほう……しかし異《い》なことを聞くものだ。実は今日、俺は弟を捜している兄の話を聞いてきたところだ」

「江戸は広い。似たような境遇の者がいるものでございますな」

「うむ。その男は杢助といってな、餅を売っている」

「杢助……」

左源太は一瞬凝視した後、唾を呑み、

「まことでございますか」

十四郎を正視した。

「何、まさかおぬし」

「はい、杢助とは私の兄の名でございます。十年前、神田一帯で大火事がありまして、その時はぐれましたが、まさか生きていたとはありがたい……塙殿、兄の居所をご存じでしょうか」

「居所は知らぬが、昼前後なら両国橋の袂にいるはずだ。大福餅を売っているぞ」

「ありがとうございました。早速、出向いてみます」

興奮した左源太の目が、心なしか濡れているようにも見えた。

ただ、筋骨一つ見ても、兄弟でこれほど違うこともあるのかと、十四郎は左源太と杢助の顔を交互に頭の中で並べていた。

三

「十四郎様……」

お登勢は玄関の板間に走り出てきて、困惑した顔で十四郎を出迎えた。

「駆け込み人があったらしいな」

十四郎は畳んだ蛇《じゃ》の目《め》の傘を、お民に手渡した。

今年は師走《しわす》に入ってからよく雪が降る。今日も朝からちらちらと降り出して、昼前から雪風を伴っていた。

傘はお登勢が万吉に託してくれたものだった。だが、風に流され忍び入る雪は防ぎようがない。十四郎は裾にとまった雪を払って板間に上がった。

するとお登勢が素早く後ろに回りこみ、肩の雪片を手巾で払った。そして、奥を気遣うように小声で言った。

「駆け込み人は、杢助さんのおかみさんなんですよ」

「何」

驚いて見返した十四郎に、お登勢は暗い顔をして頷《うなず》いた。

この月はじめに杢助の餅を食いながら、杢助が振り売りをしている事情や、睦《むつ》まじい杢助夫婦の話をしたばかり、あれからまだ二十日もたってはいなかった。

「話を聞くのはこれからです。十四郎様をお待ちしておりました。その方が手間が省けると存じまして」

「うむ」

十四郎がお登勢と一緒に帳場の奥にある部屋に入ると、番頭の藤七《とうしち》の傍らに、火鉢の火をじっと見つめて座っている細面《ほそおもて》の女がいた。女はすぐに手をついて頭を下げた。

「おこうさん。塙十四郎様です」

お登勢は火鉢を挟んでおこうの差し向かいに座した。

「おこうと申します。よろしくお願い致します」

十四郎も火鉢を囲むようにして座し、顔を上げたおこうを見た。

おこうは、涼やかな黒い瞳に花びらのような唇を持ち、まだどこかに可憐《かれん》さを残していた。

しかも着ている物も小綺麗で、裏店住まいにしては上物を身につけていた。杢助がつぎはぎだらけの短衣をまとっているのに比べ、あまりにもちぐはぐではないかという感じがした。

しかし、仮におこうが粗末な身なりであったとしても、これが本当に杢助の女房なのかと見紛《みまが》うほどの美貌である。

「さて、おこうさんとやら、駆け込んで来たわけを話していただこうか」

「……昨夜《ゆうべ》、夢の中でお告げがありまして、杢助さんと一緒にいれば、かならず不幸になる、死を招くと……」

「死を招く……穏やかな話ではないな。しかし夢だ。夢を信じて駆け込んできたというのか」

「それに、占いでも」

「なんと言われたのだ」

「私は夫を不幸にする女だと……」

おこうは、消え入るような声を出した。

「ふむ……夢や占いが気になることは分からないでもないが、いずれも確かなものがある訳じゃない。そんなものに惑わされては、きっと後で後悔するぞ」

「そうですよ、おこうさん。あなたたち夫婦は、誰が見てもとても好ましい、幸せなご夫婦ですよ。不幸になんてなる訳ないじゃありませんか」

「お登勢の言う通りだ。杢助が聞いたら泣くぞ」

十四郎とお登勢はかわるがわる話しかけた。正直、別れてほしくないという感情が先にあった。自慢の女房に逃げられて、身も世もなく悲しむ杢助の姿を見たくなかった。

だがおこうは、意外な事を口にした。

「私たち……みなさんが考えているような夫婦ではありません」

「いったい、杢助のどこが気にいらないのだ。夢や占いが原因で駆け込んでこられても、こちらは詮議のしようもないぞ」

つい厳しい口調になった。

するとおこうはきゅっと口をつぐんで押し黙った。細い膝の上に堅く握り締めた白い手に、かたくなな心が見えた。

お登勢は俯《うつむ》いているおこうの顔を覗くようにして聞いた。

「おこうさん。夫婦の仲はうまくいっているんですか？……何をお聞きしているのか分かりますね」

するとおこうは頰を染めると、首を振って否定し、

「一度も……私、今まではそんなこと、どうでもよかったのです」

と言ったのである。

おこうは二年前、叔父に連れられて両国橋の袂にいた。

叔母に身売りをせっつかれ、叔父と二人、渋々府内に出てきたのであった。

在所は多摩《たま》の奥地だが、おこうは幼い頃に父を亡くし、まもなく母もおこうを置き去りにして家を出た。

後に一人残されたおこうは、母の弟である叔父の家に引き取られたが、叔母は自分の子供たちとはことごとく差をつけて、おこうは着たきりすずめで、食事も冷えた残り物を与えられた。

叔父の稼業が炭焼きで家を空けることが多かったため、おこうは叔父の留守の間に、たっぷりと苛《いじ》められたのである。

叔母は日々の苦労も貧乏も、すべておこうという厄介者《やっかいもの》がいるからだと、ことあるごとに折檻《せっかん》した。

最初のうちは叔父も叔母を叱っていたが、叔父がおこうの味方をすればするほど叔母の怒りが増すことが分かってからは、何も言わなくなった。

そんなある日、叔母の娘の嫁入りが決まった。すると叔母は、娘の嫁入り道具を調えるために、おこうに身売りを命じたのである。

叔父は反対したが、叔母の傍から逃げ出したいと思っていたおこうは承諾した。だが、いざとなると不安がつのり、叔父もおこうが不憫《ふびん》で、二人は両国橋の袂で泣いていたのである。

そこへ通り掛かったのが杢助だった。

杢助は叔父から事情を聞くと、なけなしの金八両を叔父に渡し、おこうは女郎宿に売ったことにして帰るよう言い含めた。

その時叔父が、万一事がばれれば、女房はまたどこかに身売りを勧めるに違いない。杢助さえよければおこうを嫁にもらってくれないかと言ったのである。

おこう自身もこの江戸でほうり出されて一人ぽっちになるよりは、目の前にいる人のよさそうな杢助となら心丈夫だと思った。

山奥の、炭焼きの村から一歩も外に出たことのなかったおこうである。二十歳とはいえ世間知らず。杢助を頼りとして、以後夫婦としての体裁《ていさい》を保ってきたのだとおこうは言った。

「杢助さんと一緒になったのはそういう理由です。叔母の手から離れられる。きちんと御飯も食べられる。それだけで幸せだと思っていました。元の悲惨な生活に戻りたくない……その一心で杢助さんの女房でいたんです。それを、街角の占い師に当てられまして、しかも夢にまで見て……」

「そう……でも最初から別れたいと思っていた訳ではないでしょう。はっきりそういうふうに思うようになったのは、いつからかしら」

お登勢が水を向けた。

「多分……」

おこうは言いよどみ、

「左源太さんに会ってからだと思います」

と、目を伏せた。

「左源太さん……」

お登勢が聞く。

「杢助さんの弟さんです」

「偶然だが、俺の知っている男だったんだ。左源太も兄を捜していた。それで俺が杢助が振り売りをしていると教えたんだ」

「まあ……それじゃあ、杢助さんはやっと弟さんとめぐり逢えたんですね」

「はい」

「いつだ。二人はいつ会ったんだ」

「十四、五日前だったと思います。李助さんが俺の弟だって連れて帰ってきたんです。李助さんのあんな嬉しそうな顔を見たのは初めてでした」

――そうか、やはり二人は兄弟だったのか……。

十四郎の胸を熱いものが走り抜けた。

あれ以来、二人のことがずっと気になっていた。李助に会ったら聞いてみようと思っていたが、その李助にもこのところ会えずにいた。ひょっとして李助は、またあのならず者たちに因縁でもつけられて振り売りをやめたのではないか。いらぬ心配などもして、そのうちお登勢に居所を聞き、訪ねてみようと考えていたところであった。

ところがおこうは、駆け込みの原因が左源太の出現だと言う。十四郎はおこうの気持ちを量《はか》り兼ねた。

おこうは、ふっと自嘲《じちょう》するような笑みを浮かべ、

「それ以来、左源太さんが度々訪ねてきてくれるようになりました……李助さんも商売そっちのけで……私も、左源太さんが私の手料理を美味しいって食べてくれるのが嬉しくて……でも、ある日ふっと、左源太さんが現れるのを心待ちしている自分に気づいたんです」

あっと十四郎はおこうを見た。

おこうは、頬を紅潮させながら話を続けた。

「左源太さんは私の目には、輝いて見えました。男の人の輝きを私初めて見たような気がしました。それにひきかえ杢助さんは……兄弟なのに、私、杢助さんがかわいそうで……ところがそう思う一方で、私、次第に杢助さんに冷たい態度をとっているのに気づきました。ひどい女だと自分で自分を責めながら、でもどうしても気持ちはそういうふうになってしまう……」

おこうは溜め息をついた。だが、その溜め息は震えていた。

自分の心の変化に驚いたおこうは、以後、左源太を避けるようになってしまった。

それに気づいた杢助は、何をどう思ったのか一昨日やってきた左源太に、

「左源太、おまえは、今はれっきとしたお武家様だ。お武家様がこんな長屋に度々出入りしている事が知れたらよくねえ。お、俺たちのことは心配いらねえから、しっかりお勤めをしろ」

そう言ったというのである。

すると左源太は苦笑して、

「兄さん、誰がどう言おうと、兄さんは俺のたった一人の兄さんなんだ。兄さんが心配するのならそうするが、何か困った時にはかならず知らせてくれ」

杢助にはそう言い、おこうには、

「義姉《ねえ》さん、兄貴を幸せにできるのは義姉さんしかいない。よろしく頼む」

と、頭を下げた。

しかし、この兄思いの左源太の言葉がおこうの胸を刺した。

「左源太さんにそんなふうに言われるなんて、辛くって……どう考えても、私に杢助さんを幸せにする自信なんてありはしません。それに、せっかく会えた兄弟の気持ちを思うと、私さえいなくなれば、そう思ったものですから……」

おこうは話し終えると、また口を引き結んだ。

お登勢はじっと聞いていたが、厳しい顔でおこうに言った。

「おこうさん。ひとつお聞きしておきたいことがあるんですが、左源太さんと何かあったという事ではないんでしょうね」

「はい」

おこうはきっぱりと否定した。

「分かりました。少し私にも考えさせて下さい。私たちはただただ夫婦別れを無条件で引き受けている訳ではありません。これはどなたにも言える事ですが、できればもとの鞘《さや》におさまってほしいと願っています。あなたも二、三日、ここで冷静に考えてみるのもいいでしょう。藤七」

お登勢は藤七に頷いた。

「それじゃあ、おこうさん」

藤七が立っておこうを促し、部屋を出ていくと、

「十四郎様、おこうさんの話、どう思いました」

お登勢は納得いかないといった顔をした。

「うむ。おこうが左源太に惹《ひ》かれたというのは無理のない話だが……」

十四郎は左源太の人となり、人相風体、それになぜ武士になれたのかといった経緯《いきさつ》を説明し、

「しかし、俺はもっと違う理由があるのではないかと思っている」

「そうですね。私もそう思いました。いずれにしても藤七と手分けしてひと通り調べていただけますか」

「承知した」

十四郎が膝を起こすと、お民が小走りに来て告げた。

「十四郎様、表に杢助さんらしき人が立っているようです」

「よし、俺が会おう」

十四郎は急いで部屋を出た。

「吹雪になっていますから」

お民はそう言い、下駄と蛇の目の傘を用意した。

十四郎は下駄を履き、傘を掴むと、振り返って見送りに出てきたお登勢に頷き、降りしきる雪の中に踏み出した。

四

――はて、杢助は……。

立ち止まって見渡したが、地上は白一色に覆われて物の影さえ見当たらず、慶光寺を囲む掘割の水だけがその姿を黒々と見せ、ゆったりと動いていた。

雪は風を伴っており、慶光寺の塀際にある竹の群が風に抗《あらが》い、虎落笛《もがりぶえ》を発していた。身をよじるような、悲しげな音色だった。

十四郎は、ずっと先に見える仙台堀《せんだいぼり》沿いに足を向けた。そこにはちらほらと人の行き来が見える。

だが、雪は高下駄の歯をすっぽり隠す程積もっており、十四郎は足をとられぬよう用心しながら、杢助の姿を追った。

するると、突然物陰から声を掛けられた。

「十四郎」

金五であった。

「金五……どうしたのだ、こんなところで」

「杢助を追ってきたんだ。今朝女房が駆け込んで来たからな、気になっていたんだが」

「俺もだ……で、会ったのか」

「そこにな……雪に降られて震えていた。どこかで酒でも飲みながら話を聞こうと思って誘ってみたが駄目だった。一言、おこうを頼むと言ってな、帰ってしまった」

「おこうを頼む……はて」

「含みのあるもの言いだったが……おい、いろいろと話も聞きたい。『三ツ屋《みや》』に行くか」

「よし」

二人は軒下を伝《つた》いながら、佐賀町《さがちょう》の三ツ屋に走った。

三ツ屋は慶光寺で二年の修行をし、離縁した女たちの生活を支えるために、お登勢の才覚で成った店で、昼間は水茶屋、夜は酒も料理も出す船宿として商っている。

この天候なら客の入りは少ないかと思ったが、永代橋を望む一等地だけに、雪見の客で一階は椅子も小座敷も塞《ふさ》がっていた。

二階はどうかと階段の下から覗いていると、三ツ屋を任されているお松《まつ》が奥の帳場から走り出てきて、二階の奥の座敷を用意してくれた。

この小部屋だけは、いざという時の馴染みの客に空けておくのだとお松は言った。

「何を召し上がりますか。今日は白魚《しらうお》が入ってますよ」

「そうか。もう白魚の季節か」

「はい」

「じゃあそれを貰おうか。後は適当に見繕ってくれ」

「承知しました」

お松はすぐに腰を上げ、忙しく階下に下りると、すぐに酒と肴《さかな》を運んできた。

「ここはいい。自分でやる」

金五が手酌で自分と十四郎の盃に酒を注ぐと、

「そうですか。じゃあ、何かご用がございましたら、お呼び下さい」

お松は心得顔で腰を上げ、せわしなく階下に下りた。

金五はお松の足音が遠ざかるのを待って、十四郎に顔を向けた。

「十四郎、今度の一件だが、ただの夫婦のもつれではないな」

「確かに。何か複雑な事情があると俺は見ている」

「あの醜男に、なぜにあんな女房がついたのかと不思議な気がしておったのだが、さっきおぬしから話を聞いてなるほどという気がしている。しかしそれにしてもだ。おこうの仕打ちはあんまりだとは思わぬか」

「杢助はおこうのことを、娘か妹のように思っていたのかもしれぬ」

「だから手が出せなかったというのか」

「嫌われて、自分の手から逃げていくのではないかと思ってな」

「そんなに大事にしてやったのに裏切られたという事か……杢助はこの期《ご》に及んでもおこうの事を気遣っているというのに」

「うむ」

「どこまで人がいいんだか……俺なら叩き出してやる。杢助に限らず近頃の男どもは軟弱だ」

「いいのかそんな事を言って。おぬしも妻帯すればどうなるか分からんぞ」

「とにかく、今度の一件は亭主のほうに落ち度があるとは思えんのだ。おぬし、この前両国橋で杢助が因縁をつけられていたところに出くわしたと言ったろう。その事とおこうと、何か関わりがあるのではないかと思うんだ、俺は……」

「そうだな、俺もあの時はただの嫌がらせだと思っていたが、腑《ふ》に落ちぬところもあるにはある」

十四郎はあの時、驚愕して逃げていった男には見覚えがあった。金五に言われるまでもなく、あの浪人の正体を見極める必要があった。

「一応、当たってみるつもりだ」

「頼むぞ十四郎。俺はおぬしが頼みなんだ」

「分かっている」

「しかし、女は怖いな」

金五は物知り顔で苦笑し、

「女は何を考えているのか分からぬ。おこうのような女でさえこれだからな」

いつもながらの金五の単純明快な憤りを聞きながら、しかし今度だけは、慮外《りよがい》な駆け込みではないかという気がしていた。

今頃杢助は詮方《せんかた》ない心細さに、膝小僧に顔を埋《うず》めているのではないか。人を疑うことを知らないような人間だけに気になった。

翌早朝、十四郎はざらめ雪を踏み鳴らし、お登勢に聞いていた杢助の家に向かった。

場所は六間堀《ろつけんぼり》にある裏店で、おたふく店。表は紙屋の『巴屋《ともえ》』と聞いていたが、大通りはどの店も開けたばかりで、人の姿はまばらであった。出職《でしよく》の職人が店に急ぐ姿ばかりが目に止まった。

と、目指す巴屋の前に立った時、裏店に通じる木戸に、慌ただしく出入りする人の姿が、十四郎の目に飛び込んできた。

十四郎は咄嗟にそこに走っていた。

集まっている野次馬の後ろから、その家を覗いてみると、中に岡っ引と町方の同心が動いているのが見えた。

「開けてくれ」

嫌な予感がして、分けいって戸口に立つと、

「杢助……」

上がり框《かまち》で検証している同心の膝元に、頭部と左手を土間に垂らし、あお向けに倒れている杢助が見えた。

血を流したのか、胸から框《かまち》、そして土間の三和土《たたき》に向かって、赤黒く変色したどろりとしたものが固まっていた。

「旦那、邪魔になります。出てってくれますか」

あばた面の岡っ引が、十手をちらつかせて言った。

この住まいは、裏店とはいえ小さな商い用に造られていて、土間も広く一般の長屋の倍の広さがあるかに見えた。あばた面はその戸口近くの土間で頑張って野次馬を牽制《けんせい》していた。

「俺は慶光寺所縁《ゆかり》の者だ。それにこの男は俺の知り合いだ」

「きまりですから、困りやす」

「お前は、北か、それとも南の者か」

「北ですが、それが何か」

「だったら、与力の松波孫一郎《まつなみまごいちろう》さんを知ってるな。俺は松波さんからいつでも必要ならば出張《でば》ってもよいと許可を貰っている」

十四郎は嘘をついた。すると案の定、

「分かりやした。そういう事でしたら、どうぞ」

なんの事はない、あばた面はすぐに体を引いて、十四郎に場所を譲った。

今、気づいたが、土間の隅には小豆《あずき》やもち米が散乱していた。争った跡だった。

李助に目を戻すと、血の気を失った青白い顔が、鼻の穴を天に向け、目を見開いて死んでいた。

十四郎は手を伸ばして李助の瞼《まぶた》を閉じた。

——李助が何をしたというのだ。なぜ殺されなければならぬ。

怒りがふつふつと湧いてきた。

「誰に殺《や》られたのか、分かっているのですか」

十四郎は立ち上がった同心に聞いた。

「いや……長屋の者が一人、昨夜遅くこの家から逃げていった男を見ている。男は両刀を手挟《たばさ》んでいたらしい」

「その者の人相は」

「夜ですぞ。雪明かりの中でのことだ。分かるはずもないだろう」

同心は鼻で笑った。

「男を見た者の名は」

「与助《よすけ》という。腰を抜かして寝ている筈だ」

同心はそう言うと、野次馬たちを追っ払った。

そこへお登勢に連れられたおこうが飛び込んできた。

「おまえさん……杢助さん」

おこうは呟《つぶや》くと、杢助の側に走りよって、跪《ひざまず》いた。

言葉を失い、しばらく目を見開いて見つめていたが、やがて堰《せき》をきったように、幾条《すじ》もの涙が溢《あふ》れ出た。

「ごめんなさい。許して……」

おこうは嗚咽《おえつ》して、杢助の体を揺すった。

「ごめんなさい、ごめんなさい……」

おこうは恥も外聞もなく、泣き崩れた。

五

伊勢《いせ》屋茂左衛門《もざえもん》から聞いた妙松寺《みようしようじ》は、御蔵前《おくらまえ》通りを西に入った新堀《しんぼり》川西側にあった。

この新堀川の通りを北に向かえば浅草寺《せんそうじ》はすぐそこにある。人の行き来の激しい路《みち》だが、妙松寺は静かなたたずまいを見せていた。

門を入ると、石畳を掃《は》いている小坊主が目に止まった。

「小坊主、ご住職はおられるか」

十四郎が尋ねると、小坊主はくりくりした目で頷いた。

「そうか。すまぬが取り次いでくれ。伊勢屋から紹介された者だと言ってくれ。よいな」

「はい。しばらくお待ち下さいませ」

小坊主は行儀のよい返事をすると、箒《ほうき》をそこに置き、本堂に向かって走って行った。

伊勢屋は、馬喰町《ばくろちよう》三丁目で武具や馬具を商っていて、この手の店では大店《おおだな》であった。

李助が殺されてから今日で五日、ここに至るまでずいぶんと手間取った。だが、ようやくこれでかつての同輩、加納喜平次にたどりつく。

十四郎は石畳を踏んで、今小坊主が走っていった本堂に向かった。

一刻も早く李助殺害の真相を明かしたい。橘屋としてもむろんだが、おこうや左源太の行く末を考えれば、大事に至らぬうちにという思いがあった。

あれからおこうは六間堀の裏店に戻ったが、引きこもったまま、ふぬけのようになっている。

誰が、何のために李助を殺害したのか、おこうは北町奉行所に何度も呼ばれ、事件の担当となった与力松波から詮議《せんぎ》を受けたが、何も分からない、知らないの一点張りで、町方の調べは手詰まりになっていた。

もちろん金五や十四郎も、おこうにいろいろと尋ねてみたが、おこうは首を横に振るばかりであった。

おこうは、李助と別れなければ不幸になる、死を招くといった夢のお告げで駆け込みを決意したと言っていたが、それは夢ではなく、何か原因があったのではないのかと問い詰めてみた。だが、おこうはけっして口を割らなかった。

そこで十四郎は、杢助が殺害された晩に、杢助の家から逃げていった二本差しの男を見たと証言した与助という男に、いろいろと尋ねてみたが、与助は人相風体までは分からないと言ったのである。

与助は、逃げた男は痩せた背の高い男だったと、それだけは覚えていた。

十四郎はその言葉で、杢助を殺した男は以前両国橋の袂で杢助に因縁をつけてきた一味の一人、あの浪人ではないかと見当をつけた。

杢助が殺される原因は何も分かってはいない。だが、殺した者があの浪人なら、かつて同藩に勤めていた喜平次かもしれぬ。それが分かれば殺害の原因も摑めるというものだ。

ただ、あの浪人が喜平次と判明し、殺害した張本人だと断定するまでは、喜平次の名は松波にも金五にも伏せておくつもりであった。

仮にも昔の同輩である。尾羽打ち枯《おはうか》らした不遇の友を、疑わしいというだけで奉行所に売ることはできぬ。間違いだったでは済まされない。

しかも、性急で直情、血気溢れる左源太の怒りは尋常ではなく、迂闊《うかつ》なことは言えなかった。

左源太は杢助が殺された翌日に現れて、ひとしきり杢助にすがって泣いた後、厳しくおこうを問い詰めた。左源太はこの時まで、おこうが駆け込みをしたことを知らなかった。おこうの留守に兄が殺されたというのが我慢ならないようだった。

「兄さんは俺に言ったんだ。おまえのことはもう心配いらぬ。次はおこうを幸せにするんだって……そんな兄さんを義姉さんは……俺は義姉さんを許せない。もしもだ。兄さんの死に義姉さんがからんでいた時は、斬る」

とおこうを震え上がらせたのであった。

お登勢や十四郎が側にいて、その有様だ。

そういう事情だからして、喜平次のことが知れようものなら、左源太は事の次第も白黒も確かめぬまま、いきなり喜平次に襲いかかるかもしれぬ。

「塙殿。俺はこの手で敵《かたき》を討つ。奉行所や塙殿の助《す》けはいらぬ」

左源太はそう叫ぶと、杢助の家を走り出た。以後、左源太は一度も杢助の家には来ていない。

一方、おこうにしてみれば、杢助は殺害され、左源太には厳しい言葉を浴びせられた。踏んだり蹴ったりである。

おこうの話が本当なら、おこうは杢助が憎くて駆け込みをした訳ではなく、離別を望んだのは悩んだ末の決断で、しかもその原因は左源太の出現だったのである。

おこうは今、針の筵《むしろ》に座る思いで身の置きどころがないばかりか、辛く、胸裂ける思いだろう。おこうが、想像もしなかった最も残酷な裁きが下されたのであった。

「目を離したら、おこうさん、どうにかなってしまうかもしれません」

お登勢はそう言い、ずっとおこうの側に店の者を付けている。

そこで十四郎は、藤七に杢助の近辺を探らせて、自身はあの浪人捜しに専念してきたのであった。

加納喜平次は馬廻り役だった。

藩邸にいた頃は、馬喰町の北側にある初音《はつね》の馬場に、馬の鍛練に通っていた。

それを思い出した時、十四郎はすぐに馬場を管理している博労《ばくろう》頭の高木半七《たかぎはんしち》という男に会いに行った。

なによりも馬が好きだった喜平次の事である。浪人になっても馬場を覗いているのではないかと考えた。

だが、高木は、喜平次にはこの五年、一度も会っていないと言った。しかしその時、ひょっとして馬具商『伊勢屋』なら何か知っているかもしれぬと教えてくれたのである。

　はたして、伊勢屋を訪ねてみると、

「近頃、お見えになってはおりませんが、昨年お内儀《ないぎ》を亡くされまして、私がお寺さんを紹介させて頂きました」

　と、言ったのである。

　伊勢屋の話によれば、喜平次は女房の薬代の工面《くめん》がつかず、二、三度用立ててやったこともあったという。

「後から分かったことですが、加納様は元町にある薬種問屋近江屋さんにもずいぶんと薬代を借りていたようでございます。その後どうしておいでなのか、案じていたところですが……」

「住まいは、知らぬか」

「昔はそこの一丁目の裏店にお住まいでしたが、引っ越しされたようですな。この夏、立ち寄ってみましたが、どこへ参られたのか、分からないという事でした」

「そうか、紹介した寺というのはどこだ」

「妙松寺でございます。ひょっとして、ご住職なら近況が分かるかもしれません」

伊勢屋はそう言い、私の名をお出し下さればよろしいでしょうと、寺の所を教えてくれたのである。

「加納様の何をお知りになりたいのでございますか」

本堂の縁先に腰を下ろした十四郎に、住職は茶を勧めながら聞いた。顔には露骨に敬遠する色を浮かべている。

「ご住職が知っていることを話していただければ、それでよい」

「と申されても、お内儀の墓参りに参られた時に挨拶するぐらいのことですから……」

「加納は今、何をしているのでしょうか」

「さあ……分かりませんな。加納様もずいぶん変わられました」

と眉をひそめた。

「……」

「先日も、お内儀の永代供養を頼むとしたら費用《ついえ》はどれくらいかかるかなどと申されまして」

「住家はどこですか」

「元町の近江屋さんに世話になっているとか申されておりましたが……」

「近江屋」

「薬種問屋です。それ以上のことは……」

「そうですか……」

十四郎はそれで腰を上げ、住職から加納喜平次の内儀の墓を聞き、墓地に回った。

墓は墓地の日当たりの悪い片隅にあった。墓石は無く雨にさらされた墓標が立っていた。

墓標には俗名百合、没年二十六歳とあった。

喜平次は確か十四郎と、さして年齢の差はなかった筈だ。とすると、妻とは二、三歳の年の差であったらしい。

十四郎は手を合わせて瞑目《めいもく》した。

藩がお取り潰しになった時、十四郎は許嫁《いいなずけ》だった雪乃《ゆきの》と別れている。以後の心の空白は名状しがたいものだったが、妻に先立たれた喜平次の心中はいかばかりかと胸が痛んだ。

——それにしても。

十四郎は墓地を離れて石畳を踏みながら、住職が喜平次の話をした時の不快そうな表情を思い出していた。

喜平次は人に褒《ほ》められるような生き方はしていないという事だ。

その喜平次が薬種問屋近江屋の世話になっているというのもひっかかった。伊勢屋の茂左衛門は、喜平次は近江屋に多額の薬代を借金をしていたと言っていた。借りのある家に喜平次は世話になっているという訳だ。

喜平次の性格からして、借金を平気で踏み倒し、しかもその家で大きな顔をしていられる訳がない。いくら外見が変わったように人の目には見えたとしても、幼い頃から形成されたその人となりは、変えようがない筈だと十四郎は考える。

また、近江屋がどんな人物か知らないが、その近江屋でお登勢は以前おこうに会ったと言っていた。一つ一つ、それらの糸を手繰《たぐ》り寄せた時、十四郎の胸には、静かに、黒い影が忍びこんでいた。

十四郎は振り返って見渡した。背後に何か鋭い視線を感じていた。

だがそこには、夕暮れた境内に散り残った枯れ葉が数枚、音もなく落ちているだけだった。

六

薬種問屋近江屋の両間口には、派手な看板が掛かっていた。一方には、これはどの薬種屋にもある『薬種』の看板が掛かっていたが、もう一方には『健美水白美人』の見なれぬ大看板があった。

店の前には商品を積んだ荷車が置かれ、まもなく店の大戸が閉まる刻限だというのに、黒半纏を着た定斎屋《じょうさい》や小商人の出入りがとぎれなく続いていた。いずれも仕入れにきたものと思われた。

だが十四郎が、向かいの薄闇で塀に凭《もた》れて張り込むことすでに半刻（一時間）あまり、目当ての加納喜平次の姿はなかった。

――今日は、無駄足のようだな。

報告は受けていないが、近江屋は藤七も調べを入れていた筈だ。

十四郎が塀から身を起こし引き上げようとしたその時、一方から見覚えのあるごろつきが数人、肩で風を切って店に入った。

――やっ。

ごろつきがやってきた後方の闇の中に、着流しで両刀を手挟《たばさ》んだ男を見た。

――喜平次か……。

目を凝らすと、男は店の灯が流れる路上で足を止めた。険しい目で店の中を窺っている。

――左源太だ。

十四郎は駆けていって、有無を言わさず左源太を闇の中に引きずり込んだ。

「どうしてここに来た」

十四郎は小声で聞く。

「塙殿。放っておいてくれ。手は借りぬと言ったはず」

「おぬし……。来い。話がある」

あらがおうとする左源太の腕を摑んで、十四郎はどんどん歩き、両国橋袂の飲み屋に入った。

「肴はなんでもいい。酒をくれ」

小女に注文すると、小座敷を頼み、そこに左源太を連れ入った。

「座れ。杢助に代わって言いたい事がある」

酒が運ばれてきて、女がひっこむと、憮然《ぶぜん》として突っ立っていた左源太を一喝《いっかつ》した。

左源太は黙然《もくねん》として座った。

「何を調べてたんだ」

「……………」

「左源太」

「決まってるでしょう。あの女が誰とつるんで兄を殺したのか、それを知るためだ」

左源太は憮然として言った。

「で、何が分かったというのだ……」

「あの女と、近江屋の清太郎《せいたろう》はただの仲じゃない」

「何……」

「二人が船宿から出てくるところを見たと小商人から聞いています。それに、近江屋にはよからぬ奴らが巣くっている。浪人も飼っている。近江屋の者が兄を殺ったに違いないんだ。だから乗り込んで、首根っこを押さえて、白状させてやろうと思ったのです」

左源太は叩き付けるように言った。激しい感情を抑え切れず、盃を鷲摑みにして一気に飲み、ドンと置いた。

十四郎はじっとその様子を窺いながら、左源太が太い溜め息をついたところで、

「左源太」

と、声を掛けた。

「兄さんがそんなことをして喜ぶと思うのか……下手な事をすれば、せっかくの職を失うことになるぞ」

「敵《かたき》を討つんだ。何が悪いのです」

「敵を討つといっても、よく見極めねば、ただの人殺しになる」

「俺はどうなってもよいのです。苦労して育ててくれた兄の敵が討てれば本望《ほんもう》だ」

「馬鹿」

思わず怒鳴った。

「塙殿」

左源太が片膝を起こして、刀を摑んだ。

十四郎は鋭い目でそれを制し、

「李助が、苦労を苦労ともせず頑張ったのは、おぬしの幸せを願っていたからだろう。李助の苦労を無にするな。藩邸に帰るんだ」

「……」

「それから、おこうが駆け込みをしたのは、おこうなりの理由があったんだ。おぬしは少々早とちりがすぎるぞ」

　と、おこうの駆け込みの子細《しさい》を言い聞かせた。

「おこうは、そこらへんのすれっからしの女じゃない。純粋な田舎娘のままなんだ。俺もお登勢殿も最初はなぜだという気がしたが、李助が殺された後のおこうを見て、俺たちのものさしが、そもそも町場の油断ならない人間を見るものさしで見ていたと分かったんだ」

「しかし、近江屋とのことは」

「それは今調べているところだ。おこうのことは、何か理由があってのことだと思うが、はっきりしたら必ずおぬしに話す。町方も動いているんだ。李助殺しの下手人はきっと挙げる」

「しかし……」

「左源太……李助はな。殺される前に『おこうを頼む』と言ったのだぞ。おこうを責める気持ちがあったなら、そんな事は言わぬ。少々厄介な事件のようだが、だからこそ慎重に運ばねばならぬのだ。分かってくれ……」

左源太はじっと考えていたが、やがてふらりと立って出ていった。

「左源太さんが疑うのも無理はありません。私もちょっと気になる話を聞いてきました」

橘屋に戻ると、藤七は十四郎が夜食をとり終わるのを待って、側に座った。

お登勢は金五から急な呼び出しを受け、向かいの慶光寺に走ったところだと、給仕をしてくれたお民から聞いていた。

「何か、よくない知らせらしいな」

十四郎は茶を啜《すす》った後、膳を膝の横にすべらせて、藤七の言葉を待った。

「実は、近江屋から薬を仕入れている定斎屋が、近江屋の手代から聞いたという話なんですがね。近江屋の若旦那、といっても先代は先年亡くなっているので跡をとった清太郎のことなんですが、おこうさんにぞっこんで、店の者の目も憚《はばか》らず、高い砂糖をただ同然で分けていたというんです」

「清太郎は独り者なのか」

「はい。まあそれはそうなんですが……清太郎は父親が健在のころは遊び人で湯水のごとく家の金を使っていたらしいのです。ところが、跡をとってみると自分の放蕩《ほうとう》が過ぎて店は左前になっていた。そこで一変して、しぶちんもしぶちん、仕入れの商人たちには一文も負けないという商いに変えた。店の者にも言い聞かせて徹底してやってきた。にもかかわらず、おこうにだけは融通してやっていたというんです。ご存じだと思いますが、砂糖は近年薬種屋から分離した砂糖屋が商っています。まあ薬種屋も扱っていないという訳ではありませんが、手代の目にはおこうへの下心が過ぎるという気がしたんでしょう。主がそれでは店の者に示しが付かぬと不満を漏らしていたようなんです」

藤七はそう前置きした後、懐から一枚の紙片を出し、十四郎の膝前に広げてみせた。

紙には「砂糖」の文字や、一見するだけでは不明な数字が、藤七の手で書かれていた。

藤七の説明によれば、砂糖は本来輸入していたため価格は高く庶民には手が出せなかったが、寛政《かんせい》十二年より紀州から白砂糖が入ってくるようになり、一斤《きん》（六〇〇グラム）四、五匁の価格を推移するようになっていた。ところが先年紀州産の砂糖が不作で、値段は十匁近くに高騰していたというのである。

大福餅屋は、砂糖の値段が直接利益に影響する。

杢助の大福餅は、小豆《あずき》も砂糖もたっぷり入っていたために、影響は多大であった。ところが杢助は当初売り出した頃の値段一個五文を貫いた。

例えば『吾妻屋《あずまや》』の大饅頭は一個十文、大福餅も他の店売りは一個八文。それらに比べると、杢助の大福は格段に安かった。

「下谷《したや》にある桜餅屋から話を聞きましたが、砂糖代は売上げの二割弱で採算が合うというのです。ところが杢助さんの大福餅は私がざっと計算しただけでも、日々の商いで砂糖代を差っ引くと、後には何も残らない状態だったと思われます。材料の仕入れはおこうさんがやっていたようですから、杢助さんはそういう事まで知らなかったのかもしれませんが、そこに目をつけられたんですな、おこうさんは」

「じゃあおこうは、不義までして砂糖代を許してもらっていたというわけか」

「噂ですからまだなんとも言えませんが……ただ、清太郎という人は、もともとわがままの癇癪《かんしゃく》持ちということですから、雇っている浪人を使って杢助さんを殺ったということは考えられます。ただ、私が思うのには、おこうさんが、清太郎の意のままだったら、杢助さんに手を掛けることはなかったでしょう」

そうあってほしいと十四郎は祈る気持ちになっていた。

十四郎はついさっき、左源太におこうを信じてやれと諭してきたばかりであった。

「一つ二つ、聞きたいことがあるんだが……」

十四郎は考えていた顔を上げ、

「俺の目には、近江屋はずいぶん繁盛しているように見えたのだが……」

「それは、白美人のお陰でしょうな」

「店の看板にあった、あれか」

「はい。飲めば色が白くなるとかいう謳《うた》い文句で、女たちが争って買い求めているようです。薬種屋が出すんだから間違いないだろうというのが評判だそうですが、定斎屋はただの水じゃないかと怪しんでおりました。それでも客の注文には応えなければならないから、売っているんだと……」

「清太郎の才覚なのか？」

「いえいえ、もとは神田の小さな小売屋『泉屋《いずみや》』が始めた商いです。泉屋は、漢方薬数種の成分を取りだして売り出したようですが、すぐに商いに火が付き精製がおっつかなくなるほどだった。ところがこれからという時に、柳原《やなぎわら》土手の、柳の木で首をくくって死んでいたんです。で、泉屋に薬種を納めていた近江屋が白美人の権利をとったという訳です」

「それはまた、ずいぶんと都合のよい話じゃないか」

「清太郎には、杢助の一件だけでなく、いろいろと黒い影がつきまとっています」

「うむ……それと浪人だが」

「二、三人雇われているようです。ごろつきもそうですが、みな白美人を精製している小屋で寝泊まりし、小屋に人が近付かないように監視しています。ただ、十四郎様がおっしゃっていた加納というお方がその中にいるのかどうか……」

「いや、よく調べてくれたな」

「とんでもございません」

藤七はそう言うと、お民を呼び、茶を淹《い》れ直すようにと言った。

「私にも下さいな」

お登勢が顔を出した。

「まったく、近頃の男の方は、いざというときに性根《しょうね》が坐ってなくて困ったものです」

　やれやれという顔をして座った。

「慶光寺に呼ばれていたようだが、何があったのだ」

「先だって十四郎様に付き添っていただいて寺入りしたおつたさんのご亭主の松吉さん、女房を返せって木場《きば》の飲み屋で暴れましてね、怪我人を出したんです。でもまあ、松吉さんの親方の取り成しで話はついたんですが、その話を聞いたおつたさんが動揺して、寺入りは止めたいと言いだしたんです」

「駆け込みを止めるというのか」

「ええ……なんのために苦労をしたのか。でもまあ、元の鞘に納まればそれに越したことはございませんが、近藤様はおおむくれです」

　お登勢はそう言い、お民が運んできた茶を、十四郎と藤七に勧め、自分も手にとって一服した。

　お登勢の手は白くて細い。いつもながら垣間見てぞくりとする。

　こんな時に何を考えているのかと苦笑してお登勢の顔に目を戻すと、お登勢は、ふっと思い出したように、

「藤七、話は終わりましたか」

「はい。たった今」

お登勢は頷き、

「十四郎様、おこうさんですが、今日大福餅をつくりまして、杢助さんにお供えしたそうですよ」

「ほう……少しは元気になったのか」

「そうだとよろしいんですが……」

と、ふっと暗い表情を見せた。お登勢の頭の中には、なにか不安があるようだった。

七

「何、女が俺に用があるって？」

「へい。すぐそこまで来てるんですが」

藤七は仙吉《せんきち》に手を揉むようにして乞い、近くの材木置き場で身を隠して待機している十四郎に目をちらと走らせた。

仙吉とは近江屋が飼っているごろつきの一人で、この空き地に建っている白美人の精製小屋を見張っている一人である。

場所は小名木川《おなぎ》にかかる万年橋《まんねん》の近く、海辺大工町《うみべだいくちょう》の材木置き場の一角だが、十四郎と藤七はまる一日、小屋の近くで張り込んでいた。だが、加納喜平次の姿は見えず、強行手段に出たのである。

「しょうがねえなあ……」

仙吉は首をぺたぺたと叩き、まんざらでもない顔をすると、

「ちょっと待ってな」

と小屋に走り、小さな素焼きの徳利状の器に『白美人』と銘の入った品を、二、三個懐に忍ばせて、

「どこだい」

鼻の下を長くしてついてきた。

「へい、その向こうで……」

藤七が十四郎の潜んでいる方を顎でしゃくると、仙吉は水溜まりをぴょんぴょんと跳び、十四郎の待つ積み上げた材木の側に立った。

あれっと、見渡したその刹那《せつな》、

「いててて……何しやがる」

いきなり陰から手が伸びて、仙吉の腕はねじ上げられた。

「俺に覚えがある筈だが……」

十四郎が仙吉の首を、もう一方の手で自分の方にねじ向けると、

「てめえ！」

仙吉は十四郎の顔を見て驚き、後ろに立った藤七に、

「騙しやがったな」

悪態をついた。

「聞きたい事がある。大福餅売りの杢助を殺ったのは誰だ」

「し、知るかい」

「言え。腕が折れるぞ」

十四郎はぐいとねじ上げた手に力を入れた。

「いてて、やめてくれ。知らねえって」

「ならば、近江屋が雇っている浪人の中に、加納喜平次という男がいるだろう」

「加納の旦那？」

「そうだ。両国橋の袂で俺に刃を向けた男だ」

「それがどうしたい」

「今どこだ」

「た、多分、今夜は回向院《えこういん》の門前にある旅籠《はたご》だ。明日江戸を出る」

「何、なんという旅籠だ」

「ま、桝屋《ます》……」

「ようし、分かった。藤七、おまえはこの男を番屋に連れていけ。そして松波さんに知らせるんだ」


十四郎は仙吉の腕を後ろ手に縛り、藤七が引きずっていくのを見送ると、すぐに回向院の門前に足を向けた。

両国橋界隈から回向院の門前にかけては、場所が場所だけに夕刻になっても人の絶えることはない。

だが仙吉が言った桝屋は、明々と軒提灯に照らされた表通りから路地に入った、暗く細い道の一番奥にひっそりとあった。

安宿なのか既に戸口の戸も引かれ、軒に掛かった汚れた小さな提灯が、控え目に客を呼び入れているように見えた。

十四郎は戸を開けておとないを入れた。そして、近江屋の者だと名乗り、加納という浪人を呼び出してほしいと告げた。

取次ぎに出てきた女中が物憂げに二階への段梯子を上がるのを見届けて、玄関の外に出た。

軒下の暗闇でしばらく待っていると、戸を開けて男が出て来、十四郎の姿を認めるや、凝然《ぎょうぜん》として立ちすくんだ。

男は、両国橋で会った総髪で鬚髯を蓄えたあの男であった。

「久し振りだな、喜平次」

十四郎が前に出ると、

「出よう」

喜平次は手に摑んでいた刀を帯に差し、戸を閉めて先に立った。

二人は無言で暗い路地を抜け、回向院の境内に入った。

石灯籠に灯はともっていたが、さすがにここにはもう人の影はない。

喜平次はそれを確かめるように辺りの闇に目を凝らした後、振り返って十四郎に向いた。

「おぬしに聞きたいことがある」

十四郎が歩みよろうとしたその時、いきなり喜平次が襲ってきた。

風を切る鋭い光が、十四郎の体を下から斬り上げるように抜けた。

十四郎は咄嗟に躱《かわ》すと、同時に刀を抜き放ち、襲ってきた喜平次の刀を擦り上げるようにして飛ばし、そのままその刀で喜平次の肩から袈裟《けさ》懸《が》けに斬り下ろした。

考えるより早く、撃ってくる剣に体が反応するのは、十四郎が修めた一刀流《いっとうりゅう》の極意である。

——しまった……。

十四郎は刀を鞘に納めると、くずおれる喜平次に走り寄った。

「喜平次……」

十四郎は抱き起こし、灯籠の側まで引きずってその柱に凭せかけた。

「今、医者を呼ぶ」

「いいんだ。よしてくれ」

「しかし……」

「俺はおまえの来るのを待っていた」

「何……」

「この日の来るのを待っておったのだ」

　喜平次は苦しい息の下から、杢助は自分が殺った。近江屋には亡き妻の薬代の借金があり、返済の代わりに近江屋の手先となって働いていたと告白した。

「清太郎はおこうの歓心を買うために砂糖を安く分けてやっていた。だがおこうはいつまでたっても靡《なび》いてこない。それで今までに溜まった代金を支払えと……つまり正価の砂糖代を請求したんだ……払わなければ杢助を殺してやるとまで言った。それが出来ないなら俺の女になれとな……」

「もういい、話すな」

　十四郎が制するが、喜平次は続けた。

「で、おこうも一度は清太郎の言いなりになったらしい。だが、以後は言う事を聞かないばかりか、清太郎から逃げ出すために駆け込みをした。杢助はそれに気づいて、あの晩、清太郎のところにやってきたんだ。そして、お役所に届け出て白黒つけると……。だから殺した……」

「馬鹿なことを……おぬしは馬鹿だ」

　十四郎は喜平次の肩を抱いた。

　喜平次はふっと苦笑すると、懐から袱紗《ふくさ》の包みを出した。

「女房の……百合の永代供養の金だ。三十両ある。これを妙松寺に俺に代わって

「……」

「心得た」

十四郎は袱紗を摑んだ。

と、その手を、喜平次の手が縋《すが》るように握ってきた。

「しっかりしろ」

「十四郎、女房も喜んでいた。おぬしに参ってもらったと言ってな」

あっと十四郎は喜平次を見た。

妙松寺の夕暮れの境内で、十四郎は人の気配に振り向いたが、あれは喜平次だったのか……。

「喜平次……」

そのことを聞こうと名を呼んだ時、喜平次が十四郎の腕の中で急に萎《な》えた。

「喜平次……おい、喜平次」

十四郎は抱き締めたまま、喜平次の名を何度も呼んだ。

だが、喜平次は息絶えていた。

突然、堪えきれない熱い涙が溢れ出た。

浪人さえしていなければ、こんな結末を迎えることはなかった筈だ。貧しくてもつつましい一生が送れた筈だと、いまはもう応えぬ友に叫んでいた。

八

さて……と北町奉行所与力の松波は、三ツ屋の二階で十四郎と金五を交互に見て、口火を切った。

「塙殿が仙吉を捕らえてくれたお陰ですべてが分かった。私は仙吉と取引をした。白状すればおまえの罪は問わぬとな」

「なんと……」

金五は膝を打って目をまるくした。

松波はニヤリとして二人を見た。堅物《かたぶつ》の松波らしからぬはからいに、自分でも笑いがこぼれてくるようだった。

「杢助殺しはもう周知のことだと存ずるが、清太郎は泉屋も殺していたぞ。『白美人』欲しさに仙吉たちを使って夜中に泉屋を呼び出して殺し、柳の木にぶら下げたんだ」

「ふむ。そんなことではないかと思っておった」

十四郎は頷いた。

「まだあるぞ……白美人だが、泉屋が売っていたものとは似ても似つかぬ紛《まが》い物だった。近江屋は騙《かた》り同然の商いをしているのだ。いずれも見過ごすことができぬ。そこでだ、本日、申《さる》の上刻（午後三時）、近江屋と白美人の作業場をいっせいに手入れすることになった。そういうことだから、両人にはあらかじめ伝えておこうと思ったのだ」

「助勢はいらぬということだな」

金五が悔しそうな顔をした。

「そうだ。今回はすべて町方に任せてもらおう」

「しかし、ちと寂しい気はするな、十四郎」

未練がましく金五は言う。だがそういう金五は、十四郎が知る限り、いつも最後のいいところで出てくるのが十八番《おはこ》ではないか、と十四郎は苦笑した。

「じゃあ、急ぐのでまた」

松波は高揚した顔で頷き、そそくさと帰っていった。

二人が、気抜けしたように顔を見合わせた時、それを待っていたかのようにお民が飛び込んできた。

「十四郎様、たった今おかみさんから知らせがありました」

お民はぜいぜい言いながら、帯に挟んだ紙片を出した。

お登勢は今日、店の女中と交替しておこうの側についていた。

十四郎は金五と二人、急いで紙片を広げてその文字を読んだ。

「十四郎……」

読み終わった金五が緊張した顔を上げた。

紙片にはお登勢の文字で『おこうが突然外出した。亡くなった杢助に代わって大福餅売りの商いを始めるのだと言い出して、近江屋に唐三盆《とうさんぼん》（砂糖）を買いに行くと出ていったが、どうも腑に落ちぬところがある。で、念のため後を尾《つ》ける。手が空いたら助勢を頼む』という意味のことが記してあった。

「分かった、すぐ行く。金五、おぬしはすぐに慶光寺に戻って待機していてくれないか」

「承知した」

二人は慌ただしく三ツ屋を後にした。


じつは十四郎は、昨夜からほとんど眠っていなかった。

喜平次の死をすぐに金五に連絡し、金五がやってきたところで、二人は喜平次の遺骸を翌日夕刻まで回向院で預かってくれるよう頼み込んだ。そうした後で松波にも連絡を入れたりして、あれやこれや動いているうちに長屋に帰ったのは朝方だった。

喜平次の死は金五の計らいで、罪を恥じて自刃《じじん》したとし、妻の百合が眠る妙松寺に葬ってやることになったのである。

松波の呼び出しがなければ、いまごろ妙松寺で喜平次を埋葬している筈だった。

さきほどの松波の話では、清太郎は申の上刻にはお縄になる。

おこうさえ余計な動きをしなければ、その後で左源太に一部始終を納得させ、一件は落着となる筈だったのである。

しかし、ここでおこうが動き、何らかの不測の事態が生ずれば、松波の計画にも支障が出る。

十四郎は、はやる心で近江屋に走った。

はたして、近江屋の見える向かいの路地で、おろおろしているお登勢に会った。

近江屋はなぜか大戸を下ろしてひっそりとしている。

「どうしたのだ」

「おこうさんは店の中です」

「なぜ店が閉まっている」

「近所の人に聞きましたら、今日午刻あたりから慌ただしい人の出入りがありまして、その後大戸は閉められたようですが……ですから、おこうさんが来た時にはもう閉まっていたのです」

「町方の動きが知れたのかもしれぬ。喜平次の死も、仙吉がいなくなった事も、昨夜のうちから分かっていた筈だからな」

「どうしますか」

「おこうが心配だ、戸を蹴破ってでも中に入る」

「先ほど藤七に知らせました。せめて藤七の来るのを待ってはいかがでしょう。でないと、中には浪人が」

「大事ない。お登勢殿はここで待て」

十四郎はお登勢をそこに置き、近江屋の戸口に立った。

だが、近江屋の大戸もくぐり戸も、引こうが押そうがびくともしない。

――はて……。

裏にでも回ってみようかと後ろに下がって大戸を見渡した時、突然、十四郎の後ろから何かが弾丸のように走ってきて、そのままくぐり戸に体当たりした。

ベキッという鈍い音がし、弾丸はくぐり戸を破り倒して、もんどりうって店の中に転がり込んだ。

「左源太」

驚いて覗きこんだ十四郎に、左源太は、

「加勢します」

手を払って立ち、有無を言わさぬ顔をした。

「分かった。そのかわり無闇な行動は慎んでくれ」

十四郎は念を押し、店に入って奥に通じる廊下に出た。

と、いきなり、匕首《あいくち》が部屋の陰から飛んできた。

身を躱して立ち止まると、匕首を握ったごろつきどもが、十四郎の行く手を背を丸めて遮《さえぎ》った。

今にも飛び掛からんばかりの気配を見せる。

十四郎は平然として進んだ。

「引け。怪我をするぞ」

その気迫に、ごろつきたちがじりじりと後ずさった。

――おこう。

ごろつきの後ろの庭に、旅支度をした清太郎がおこうを引き据え、その頬に道中差しを突き付けているのが見えた。

「待て。何をしておる」

ごろつきたちを引き退《の》けて、十四郎は庭に出た。

「見れば分かるだろう。この女は、恩ある私に夫の敵だと言い包丁を突き付けた。それほど死にたいのなら、こちらが先に送ってやろうとしていたまでだ」

「清太郎……もうおまえは逃れられぬ。無駄な殺生《せっしょう》はやめろ」

言いながら近付く十四郎に、じりじりとごろつきたちも遠巻きについてくる。

「捕り方も、もうまもなく来るぞ」

十四郎は、ごろつきたちにも言い聞かせるように見渡した。

「ふん。私はこれから上方《かみがた》に行く。気の毒だが町方の皆さんにはお会いできないようでございますよ」

清太郎は不敵に笑い、

「先生方！」

甲高《かんだか》い声で叫んだ。

浪人が二人、刀を抜き払って裏木戸の方から走ってきた。

左源太も刀を抜いて、十四郎の側に立った。

「左源太、おぬしは控えておれ」

左源太の及び腰を見て、十四郎は厳しく命じた。

ごろつきはともかくも、目の前にいる浪人に立ち向かえば、左源太は間違いなく怪我をする。剣を怪力で制することはまず不可能だ。

「おぬしは、おこうを頼む」

十四郎はもう一度左源太に言い、突進してきた浪人の剣を撥ね、小走りして廊下に跳んだ。

浪人を左源太から離そうと誘ったのである。

案の定、間を置かずして二人の浪人が右左から飛んできた。軽い身のこなしだった。

二人の浪人は、廊下と座敷を隔てた障子を蹴倒して、交互に十四郎を襲ってきた。十四郎は逃げると見せて反転し、右手の浪人の懐に飛び込んでその腹を突き、引き抜いた刀でもう一人の浪人の頭上を打った。

だが浪人は、腰を落として十四郎の剣を下から止めた。そしてすぐに、その剣で突いてきた。

──危ない。

十四郎は紙一重のところで躱し、踏み込んでその浪人の額を割った。

血が、身悶える浪人二人の体から流れ出た。畳はみるまに血に染まった。

十四郎はそれを見届け、今度は清太郎をきっと見据えた。

すると清太郎は慌てておこうをひきずり起こし、

「来るんじゃない。来ればおこうの命はないぞ」

刃をおこうの喉元に突き付けたまま、おこうを盾にして裏木戸に向かっていった。

「待て」

左源太が意を決して走り、一足早く清太郎の行く手を遮り、木戸口を塞ぐようにして立った。

「清太郎、兄の敵、斬る」

「よせ、左源太。清太郎は裁きを受けさせるのだ」

十四郎は言い、刀を鞘に納めて庭に出た。だが左源太は、

「駄目だ、兄さんの敵だ」

「おこうがどうなってもいいのか」

十四郎の声に、左源太が一瞬怯《ひる》んだ。

清太郎はその隙をつき、もう一方へ逃げ腰を見せた。

するとおこうが、あろうことか清太郎に抱き付いて、

「左源太さん。清太郎さんを見逃してあげて」

と叫んだのである。

「何を言うんだ、義姉さん。義姉さんも、兄さんの敵を討ちにここにやってきたんだろう」

「いま考えが変わったの。この人にはずいぶんな目に遭わされたけど、でも、私はこの人と……この人とは深い仲に」

「やはり、不義があったと認めるんだな」

怒りに震え、左源太が聞いた。

「許して……だから私の前で殺すのはやめて」

おこうは更に力を込めて清太郎を抱き締めた。奇《く》しくもその力は清太郎の動き

を奪ってしまったようだ。

「おのれ……」

目の前で振る舞うおこうの見苦しい言動に、左源太は怒り満面、唸《うな》るように声を上げた。

すると、清太郎がおこうを抱き締め狂喜の笑い声を上げた。勝ち誇ったような卑猥《ひわい》な笑い声だった。

「売女《ばいた》め」

左源太はおこう目掛けて突進した。

「やめろ！」

十四郎が叫んだ。だがその時、左源太の剣はおこうを貫き、清太郎を貫いて、二人は串刺しとなったまま、鈍い音を立てて落ちた。

「おこう……」

十四郎は走り寄った。倒れているおこうを抱き起こし、あお向けにして抱えると、おこうは微かに目を開き、

「十四郎様……女敵討《めがたきうち》は罪ではない……そうでしょ……左源太さん、夫に代わって敵を討ったんです。そうですよね……」

おこうはそう言い、ほほ笑んだ後、息を引き取った。

「おこうさん……」

お登勢が藤七と駆け込んできた。

お登勢はおこうの息のないのを確かめると、「なぜ」という顔を十四郎に向けた。

「おこうが仕向けたんだ。左源太に兄の敵をとらせたいと……不義の罪を着て、おこうは逝《い》った」

「なんてことを……」

お登勢は襦袢《じゆばん》の袖を引き出して、おこうの顔についていた泥を払った。

俄かに冬の風が立ち、おこうの白い顔を撫でた。

――虎落笛《もがりぶえ》が……。

十四郎の耳には聞こえた。切ない思いで死んでいったおこうの泣き声のような気がした。

「義姉さん……」

左源太が、そこにがくりと膝をついた。その双眸《そうぼう》が涙で覆い尽くされた時、静かに、捕り方を従えた松波が現れた。

「松波さん……」

「遅くなってすまぬ」

松波は、十四郎に静かに頷いてみせた。

第二話　かがり火

一

「なぜなのか、という気が致しておりまして」

波江《なみえ》はそこで言葉を切ると、きりりとした目をお登勢に向けた。

両鬢《びん》と額の生え際に銀色の髪をたくわえてはいるが、背筋を伸ばして座す老女は他でもない金五の母。今でも家計を切り盛りしているという風格が見える。

「さあ……私には、見当もつきかねますが……」

お登勢は困った顔を十四郎に向けた。

「ふむ……」

その十四郎も返事のしようもなく、障子の外のやわらかい陽射しに目をやった。

橘屋の奥座敷の前庭には寒椿《かんつばき》が朝露を載せ、射し込む陽の光の中でしっとりと咲いていた。それをふと思い出したのである。無責任だが、ともかく、早くこのいっときが終わればいいと願う気持ちが、視線の落ち着き所を探していた。波江の視野から逃れたい一心だった。

むろんお登勢もそうに違いないのだが、当の波江はそんなことには無頓着《むとんちやく》で、

「あの子には、どなたか心に留めた女子《おなご》でもいるのでしょうか」

と、今朝米沢町《よねざわちょう》の裏店で十四郎に尋ねたのと同じ質問をお登勢にした。言葉の意味はお伺いだが、その声音には明らかに不審の色が表れていた。

松の内も過ぎた今日、波江は突然十四郎の裏店を訪ねてきた。

予想もしなかった訪問者に、正月より今日まで食っては寝、飲んでは寝るという自堕落《じだらく》な日常を送っていた十四郎は、まだ床の中にいて慌ててしまった。

急いでそこら辺に散らかっているものを奥の三畳の布団を敷いている部屋にほうり込むと、波江にどうぞと上がるように勧めた。だが、波江は「ここで結構です」と言い、上がり框に腰掛けて、こちらの住まいは、以前金五から聞いていましたと言い訳したうえで、

「十四郎殿、折り入ってお尋ねしたいことがございます」

姿勢を正して顔を向けた。

そして、息子の金五が縁談に少しも心を動かさないのは、何か訳があるのでしょうかと言ったのである。

そんなことでもなければ、わざわざ十四郎を訪ねてはくるまいと思いながら、十四郎は返事に困った。

金五がお登勢に心を奪われていることや、一つ仕事が決着すると、どこへともなく出かけていくのを、目の前の人一倍心配性の母御に告げられる筈もない。

それに、本当にそんなことが金五が縁談を敬遠している理由かどうかも、十四郎には分からないことだった。

いい加減なことを言って金五に恨まれたり、波江に心配をかけたりしたくないと十四郎は思った。

「いや……それがしは何も」

十四郎は伸び切った顎鬚《あごひげ》を撫でた。

すると波江は、これから橘屋に行って、橘屋の主にも尋ねてみたいと言い出したのである。

「しかし……そういうことが金五に知れたら、金五はあまりいい顔をしないのではないでしょうか」

それとなく制したが、

「ですから、あの子には内緒で参るのです。毎年のことですが、今日はたしか上役の方にご挨拶のため、お寺には朝のうちはいない筈です。申し訳ありませんが、あなたが橘屋さんにご案内下さいませ」

と真っ直ぐに見詰めてくる。逃げ場がなかった。

波江は以前からこういう風で、何か一つ心配ごとが生まれると、何をおいても徹底して調べ回るという性癖があった。

しかもそれは息子の金五のことに限っていて、今は亡くなったが金五の父親なんぞは結構ほったらかしだったようで『催促しないと波江は動いてくれない』などと、父親が冗談まじりに十四郎たちの前で言っていたのを憶えている。

波江の申し出を断れば、金五と結託して何か隠しているように思われることは目に見えていた。

だから仕方なく十四郎は、橘屋に波江を案内してきたのである。

すると案の定、橘屋の主が未亡人で、しかも美貌の持ち主と知った途端、疑いやら不安やらを抱いたようで、座敷に案内されてからのお登勢への質問は、言葉はやわらかでも疑念の色をありありと見せていた。

しかしお登勢は、

「私の知る限りでは、お母上様のご心配なさるような話は聞いたことがございません。慶光寺のお役人様は近藤様お一人、ご多忙が原因なのではないでしょうか」

と、するりと躱した。

「それならばよろしいのですが……」

波江は素早くお登勢の表情を読み、どうやら自分が深読みしたと分かったのか、

「そうかもしれませんね」

などと自分で自分を納得させ、

「母一人子一人、近藤の家のことを考えますと、つい余計な心配を重ねまして、どうぞお笑いくださりませ」

ほほほと笑った。

「いいえ、お察し申し上げます」

お登勢がいかにも同情したような顔を見せ、膝前にある羊羹《ようかん》を勧めると、波江は黒文字《くろもじ》の楊枝《ようじ》を使って、ぱくりっと一口食した後、

「おお、そうじゃった。金五が怪我をした折には、お登勢殿にはたいへんお世話をおかけしまして、ご挨拶が後先《あとさき》になってしまいましたが、ありがとう存じました」

思い出したように、世間一般の母の顔に戻って頭を下げた。

「こちらの方こそ、その節には過分にお心付けを頂戴致しまして、恐縮致しております」

お登勢も、ゆったりと構えて答えた。

やれやれ、やっと治まったと、十四郎が胸を撫で下ろすと、

「十四郎殿、金五には近々さるお方との縁談を勧めたいと考えております。金五がもし嫌だとかなんとかあなたに申しました折には、母のことも考えなされと言うて下され」

「必ず……」

十四郎はいかにも神妙な顔をして、頷いた。

波江は、ようやく腰を上げる気になったらしい。数を数えるようにその時を待っていると、廊下に足音が立ち、藤七が姿を見せた。

「ただいま駆け込みがあったようでございます。近藤様はお出かけのようでござ

いますが、いかが致しましょう、こちらに連れて参ってもよろしいのですが……」

「いえ、私と十四郎様が参ります。藤七、近藤様のお母上様に駕籠《かご》を手配してさしあげて下さい」

「承知しました」

藤七はすぐに帳場の方に引き返した。

「お登勢殿、お気遣いは無用にして下され」

「いえ、何かあっては近藤様に叱られます。駕籠はすぐに参ります。しばらくここでお待ち下さいませ」

「あの、それから」

波江は急にきまり悪そうな顔をして、

「金五には、今日私がこちらに訪ねて参ったことは、内聞に……」

「もちろんでございます」

お登勢は愛想のいい返事をして、十四郎を促して立った。

「十四郎……お登勢」

橋屋を出て慶光寺への石橋をお登勢と渡っていると、後ろから声がした。

振り返ると金五が渡ってくる。その姿に、今の今まで相手をさせられていた波江の顔が過《よぎ》ったが、

「駆け込み人があったらしいぞ」

金五を待ち受けて告げた。すると金五はもっともらしい顔をして、

「正月早々だぞ。この月ぐらい心静かに暮らせないものかね」

と顔をしかめた。自身の母がどたばたしていることなど知る由《よし》もない。十四郎は苦笑した。波江は、いい年をしたこの三十面《づら》の男をまだ幼子のように思っているのだ。

もっとも、十四郎の母が生きていれば、似たようなものであったかもしれないが、金五の母を見ていると、母はどこまでいっても母なのだと思い知る。そう思うと、金五母子の関係は腹の底にくすぐるような笑いが生まれる一方で、ちょっぴり羨ましい気持ちにもなる。

「まったく……」

舌打ちする金五とともに、十四郎とお登勢は寺務所に入った。

「あちらに……」

待っていた手代が戸口で三人を出迎えると、奥の板間に首を捻《ひね》った。

そこには、長火鉢を前にして、こちらに背を向けて座っている女が見えた。女は派手な小袖に、被布をすっぽりと頭から被《かぶ》り、うなだれていた。

三人が板間に上がり、女を囲むようにして座ると、女は黙って手をついた。

「いろいろと尋ねたいが、まずその被り物を取ってくれ」

金五が言った。

「もう、怖がることはない、寺の中だ」

もう一度言うが、女は小さな声で頷いて、まだ躊躇《ちゆうちよ》しているようだった。

「被り物を取りなさいと言っている」

金五が再度厳しく言うと、女はようやくおずおずとそれを取った。

「ややっ」

金五が驚愕の声をあげて反り返った。

同時に、十四郎もお登勢も目をまるくして凝視した。

女は——男であった。喉の突起が男だと証明していた。

それも、つるっぱげの坊主頭、剃刀《かみそり》の跡もまだ青々とした若僧で、女物の小袖の下には黒い僧服がのぞいている。

「お願いでございます。お助け下さいませ」

僧は手をつき、床に頭をこすりつけた。なにやら切羽《せっぱ》詰まったものが窺えた。

「ここは駆け込み寺だぞ」

金五が憮然として言った。

「はい。承知しております」

「女の、駆け込み寺だ」

「はい。それも承知の上で参りました」

「おまえは男ではないか」

「男ですが女です」

「俺を愚弄《ぐろう》しておるのか」

「いえ、けっしてそのような……私は確かに男ではございますが、つまり、囲い者のようなもので、女のような役目をして参りました。ですから、男ですが女と変わりありません」

「つまり、昔はやった衆道《しゅどう》……ということか」

十四郎が横から尋ねると、僧は「はい」と頷いた。

「いずれにしても、男は駄目だ」

金五が言う。

「そこをなんとか……近頃では男より強い女もたくさんおります。逆に女のように弱い男もいるのです。弱い者を救うという趣旨でこのお寺があるのならば、男も女もないのではないでしょうか」

若僧は必死に食らいついてきた。

「近藤様、お話ぐらいは聞いてさしあげたらいかがでしょうか。何かいい知恵が生まれるかもしれません」

お登勢が助け船を出した。

金五は腕を組んで口を堅く引き結び、うんともすんとも言わなかったが、お登勢の一言に縋るように、若い僧は訴えた。

僧の名は鉄心《てつしん》。在所は関屋《せきや》の里で、今もそこには年老いた母と姉が住んでいる。

もともとは甲府《こうふ》あたりから流れてきた小百姓で、それがために、田畑もほんの申し訳程度あるばかり、母と姉が草鞋《わらじ》を編んで、それを父が千住《せんじゅ》の宿場町に売りにいって家計を補うという貧しい生活を送っていた。

さして耕す畑のない家で、鉄心は半ば口減らしのために僧になったと言ってもよい。

だが鉄心は、田舎の小さな寺の小坊主で一生を終わりたくなかった。父が死ぬと一層その思いは強くなり、僧でも立身すれば、母にも姉にも楽をさせることが出来ると、府内に出た。

折よく若い僧を探していた今の寺の住職にひろわれて喜んだのも束の間、寺は僧の修行どころか、鉄心にいかがわしい行為を強《し》いる場所だった。

こんなことなら寺を辞し、郷里に帰り、母に孝養を尽くしたいと願い出た。だが寺は、ここを抜ければ命はないぞと脅したのである。

鉄心は命からがら逃げてきたのだと説明した。

「寺の中では、もうそれは口には出せないような、恐ろしいことが行われているのでござります」

「恐ろしいこと？……どんなことだ」

十四郎が尋ねるが、鉄心は身震いして口をつぐんだ。

「言えないのか」

「私をここで受け入れて下さるのでしょうか。そうでなかったら秘密を漏らした私は、きっと命をとられるでしょう。ここに駆け込んだというだけでも、私の命は風前の灯《ともしび》です。私の命の行方を握っているのは皆様です。皆様にお助けいただきたいと存じます」

　鉄心は両手を合わせた。

「いったい、どこのお寺さんでしょう。寺の名を明かして下さい」

　お登勢は、目の前で真っ青になっている若い僧に同情したようである。

「それは……『光臨院《こうりんいん》』でございます」

「何、光臨院とな」

　金五が喫驚《きつきよう》した。

「はい……」

　鉄心は心細げに頷いた。

「駄目だ駄目だ。帰ってもらおう。すぐに帰りなさい。話はこれでお終《しま》いだ。何もこちらは聞かなかった。あんたも何も語らなかった、いいね」

　金五は突然厳しい言葉を浴びせると席を立った。

　鉄心は蒼白《そうはく》の顔をしてうなだれていたが、のろのろと体を起こすと、十四郎とお登勢に一礼して外に出た。

　心配したお登勢が鉄心を追いかけて、せめて夜陰《やいん》に紛れて帰ればいい。それまで橘屋で気持ちを静めてはどうかと勧めたが、鉄心は悲壮な顔で両手を合わせると走り去った。

「金五、おまえらしくないぞ。駆け込みは無理としても、なんらかの手助けはできたかもしれんじゃないか」

十四郎が諫《いさ》めると、金五は苦い顔をして言った。

「そんなことをしてみろ。こっちがどんな目に遭うか知れたものじゃない」

「どういう事だ。俺に分かるように説明してくれ」

「光臨院は先年谷中《やなか》の廃寺を改修して、祈禱寺として再生した寺だが、住職となった日照《にっしょう》は、上様の側室お多摩《たま》の方の病気を治したとかいうことで住持《じゅうじ》になった人だ」

「何……」

「そういうことだ……」

説明しなくても察しはつくだろうと、金五は苦々《にがにが》しげに頷いてみせた。

二

あれから四、五日は経っている。鉄心はその後どうしているのかと、十四郎は目の前で屈託なく銚子を傾ける金五を見ていた。

刻限は七ツ（午後四時）、夏場なら三ツ屋はまだ甘い物を出している時間帯だが、冬場は七ツ過ぎから酒も肴も出してくれるようだった。

金五は今日、話したいことがある、と十四郎を従えて二階に上がった。鉄心のことかと思ったがそうではなく、全く別の話だとすぐに分かった。

「今日は俺の特別の日だ」

座るとすぐにそう言った。

鉄心のことなど忘れているのか口にしたくないのかその話題にはいっさい触れず、ニヤニヤしている。

「何かいいことがあったな、おぬし」

十四郎は鎌をかけた。

「分かるか」

「うむ。当ててみようか……縁談か」

さらりと言うと、金五はなぜそんな事が分かるのかというような、驚いた顔をした。

「顔に書いてあるぞ。今度は乗り気だとな」

「本当か……そうか、分かるか」

金五はいつになく嬉しそうな顔をした。

十四郎はおやと思った。いつもなら縁談など端《はな》から受け付けぬ顔をしていた。それが今日は様子が違った。まさか母親に泣き付かれて決心したのでもなかろうにと、まじまじと見詰めていると、

「俺もな、もうそろそろ年貢の納めどきかなと思ったのだ。これ以上年をとると子の養育がきびしくなる」

「とかなんとか、今度のおなごは気に入ったんだな」

「いや、実を言うとそうなんだ。同じ組屋敷の娘なんだが、大奥《おおおく》勤めをしていたのが去年の暮れに暇をもらって帰ってきたんだ。大奥に上がる前に一度見掛けたことがある。同じ組屋敷内だからな。娘はお登勢を若くしたような女だ。名を華《はな》枝《え》という」

「それは良かった。おめでとう」

「実際、お登勢と俺とは、どうにもなりようがないからな。ここら辺で手を打つかと考えた訳だ」

「それがいい。おふくろさんも喜んでいるんじゃないか」

「おぬし、なぜ突然におふくろの話になるんだ」

うっかり金五の母に話が及び、金五は怪訝《けげん》な顔を向けた。

「いや、そう思っただけだ。俺の母も生前はそういうことを気にかけていたからな」

「そうか……おまえには申し訳ないという気持ちもあるのはあるんだが……おぬしは、許嫁と別れたんだろ」

「もう終わったことだ。とにかくめでたい。で、いつだ、祝言《しゅうげん》は」

「いや、そこまではまだ……」

話はまだ仲人に立った人の手のうちにあり、先方の返事を待っているところだと言った。

十四郎の胸の中に、一瞬取り残されたような寂しさが走ったが、反面、これでお登勢とのことを嫉妬《しっと》がましく詮索されることはないとほっとした。

十四郎は許嫁の雪乃と別れてこの年の春で五年になる。その間、よその女に何も感じなかったという訳ではないが、折に触れて雪乃の幻影を見る。そうした時、年月を重ねるごとに、自分にはあれ以上の女はいないと思う気持ちがどこかにあった。

それは、愛しい女房を亡くした夫のように、いつの間にか雪乃を理想の女に仕立て上げていた。十四郎にとって雪乃はけっして忘れ去ることの出来ない女になっていた。

ただ、お登勢にだけは、ふっと雪乃を忘れるような心の動きを感じていた。お登勢を包んでいるそこはかとない気色、お登勢の体から醸《かも》し出されるえもいわれぬ魅惑に時折はっとさせられた。

しかもその身のうちには、付き合ううちに分かったことだが、心根のよさや気配りといったものが秘められている。お登勢には、人として成熟した女の美しさがあった。

そのお登勢が、心密かに十四郎を頼りとしていることも肌で感じ、息苦しくなる時だってある。

だが、金五が揶揄《やゆ》してきたように、男女の情を交わせる人かというとそうではなく、やはり十四郎とお登勢の間には垣根があった。垣根は雪乃の存在であり、お登勢の亡くなった亭主であった。

だからお登勢とどうこうなる筈もないのだが、金五はなにかにつけて、自分が成就できないお登勢への思慕に手を焼いて、十四郎の心を探ってきたりしていたのである。

そういったやりとりを、親友の金五としなくて済むと思えば、それだけでも気持ちが楽になる。まして金五の母に、不意打ちを食らうこともなくなる訳だ。

――まずは、一件落着だな。

十四郎も心底ほっとして盃を掲げた。

「よし、今日はおぬしのおごりだぞ。飲もう」

膝を直して座った時、お松がやってきて敷居際に膝をついた。

「十四郎様、ちょっと」

「どうした」

「伝吉《でんきち》さんが助けてほしいと言ってきたんですが……」

「伝吉？」

「土左衛門《どざえもん》の伝吉さんです」

お松は聞き慣れない名を告げた。だが、十四郎にはすぐに察しがついた。土左衛門伝吉のことは、以前から人伝に聞いたことがあった。この深川の、隅田川界隈では知れた人だった。

早い話が伝吉は、隅田川河口に浮かび上がる名も知れぬ死骸《むくろ》を引き上げては埋葬する老人で、それを人は土左衛門伝吉と呼んでいた。

以前から江戸にある藩邸の多くが、お仕置者《しおきもの》で死罪となった身分の低い引取り手のない者を江戸湾の海中に投じていた。そのために、汐の流れによっては隅田川河口に死骸が流れ入ることも度々《たびたび》で、死骸を汐入り口で待ち受けて、長い竹の竿を使って沖に流していたこともあったと聞いている。

だがそういった死骸の処置もこの頃ではうるさくなって、以前よりは少なくなったというものの、死骸の投棄は止むことはなかったのである。

死骸はなにもお仕置者ばかりではない。自殺者もいるし、近頃では殺しの始末に隅田川や江戸湾を使い、死体を投棄する者が後を絶たず、伝吉は率先してその処理を行ってきた老人であった。

ただ、そういった遺体のほとんどは身元も分からず、いちいち奉行所に届け出ても乗り出してくれる訳でもなく、たいがいは伝吉の考えで回向院や近隣の寺に無縁仏として埋葬していた。

しかし誰もが嫌がるそんな仕事を、伝吉はなにがしかの金を得るためではなく、最初はまったく自身の意思でやりはじめたと聞いている。

だが近頃では近隣の町々が、少しずつ金を出し合って伝吉に与えているようだった。河口や海岸に流れつく遺体の始末は、川辺海辺の町では頭の痛い問題だったのである。

その伝吉が何を言ってきたのだろうかと、十四郎はお松の後ろについて金五と階下に降りた。

すると、暖簾を掛けた入り口近くに若い漁師が待っていて、伝吉は永代橋の橋下で待っていると言う。

漁師は三ツ屋に魚を入れている者だった。たまたま行き合ったこの漁師に、伝吉は自分のような汚れ者が顔を出しては店に迷惑がかかるかもしれないと言い、使いを頼んだという事らしかった。

「よし。案内しろ」

十四郎は三ツ屋の外に広がる薄闇を見て言った。冷たい空気が、戸を開け放したまま立っていた漁師の後ろから、三ツ屋の店の中へ忍び込んでいた。

十四郎と金五は、襟巻をまきつけて漁師の後に従った。

はたして、伝吉と名乗る老人は、持ち舟の小舟の舳先《へさき》に提灯をともし、自分は橋下の土手に腰を下ろして、煙草をくゆらしていた。

その光は、冬の螢かと思えるような、赤くなっては消え、消えてはまたぼうっと赤くなるといった明滅を繰り返していた。まるで、隅田川に浮かんだ遺体が最後に放つ叫びのようだと一瞬思った。

「伝吉爺さんか」

十四郎が、そのはかなげな光の前に立つと、老人はぽんと煙草の火を隅田川に投げ捨てて、

「へい。こんな時刻に申し訳ござんせんが、お願いがございまして」

と小舟の中を顎で差した。

「何があった」

「実は、放っておけない死体を上げました。あっしがおいそれと届け出ても誰も相手にはしてくれません。そこで、あっしに代わってその役をお願いしてえと存じまして……」

「十四郎……」

金五は止めておけと袖を引いた。

だが伝吉の目は、薄闇の中でじっと十四郎を捉えている。

「土左衛門は、おまえの見知った者なのか」

「へい」

「分かった。遺体は舟か」

「そうです。薦《こも》を被っておりやすが……」

伝吉はそう言うと、舟に飛び乗り、舳先の明かりをとって、その遺体を見せた。

遺体は薦でぐるぐる巻きにされ縄で固く縛られていた。仄《ほの》かな明かりでちょっと見たぐらいでは、男か女かも分からなかった。

「番屋に運ぶか……しかし、このままでは運べぬな。よし、俺がそこの番屋に走ってくる。しばらく待て」

げんなりした金五をおいて、十四郎は佐賀町の番屋に走った。


「鉄心！」

番屋に、戸板に載せられて運ばれてきた遺体を、薦を広げて見た十四郎は驚いた。

「えらいことになったな」

金五も強張《こわば》った顔で、鉄心の遺体を覗く。

「貴公たちも知っている者なのか」

さっき駆け付けたばかりの同心が、遺体を覗き込みながら十四郎に聞いた。

「先日、慶光寺に駆け込んできた者だ」

「駆け込み人？」

同心は怪訝な顔をしたが、金五が自分は慶光寺の役人だと告げると黙って頷き、
鉄心の衣を剝いだ。

そして、胸や首を十手の先でちょいちょいと調べていたが、

「外傷はないな。生きたまま放り込まれたのかもしれん」

早々に結論を出して立ち上がった。それはあまりにもおざなりで、さすがの金五も憮然として見詰めている。

「殺されたんだ、鉄心さんは」

伝吉が遺体を睨んで呟いた。

「何か知っておるのか。知っていれば申せ」

同心が伝吉に聞いた。

「いえ。分からないから、お願いしているんでございやす」

伝吉は怒りで燃えるような目を上げた。

「どこの僧ぐらいは知ってるんだろ」

「光臨院の僧だということは分かっていますよ」

金五が横から口を出した。

「何、光臨院……」

同心は動揺した目を金五に向けた。その目に迷いが走るのを十四郎は見た。金五もそう受け取ったのか、

「いかがでしょう。遺体は腐乱が始まっています。ここに明日まで放置する訳にもいきますまい。我々と伝吉でしかるべき場所に埋葬しようかと思いますが……」

「そうですな……」

同心は思案してみせた。

厄介な仏にかかわりあったという表情が思案の向こうに見えた。しかし一方で、番屋に持ち込まれた遺体の決着に、慶光寺の寺役人に嘴《くちばし》を入れられたくないという気持ちも動いているようだった。

ただ、これまでもそうだが、府内で起こる事件そのものが、寺社地、町人地ときっぱり線引きできないものも多く、そんな時は表向きは、町奉行所管轄《かんかつ》、あるいは寺社奉行所管轄となってはいても、水面下では互いの顔を潰さないよう協力という形で合同で探索してきている。

この一件は、遺体の発見が隅田川河口である以上、下手人探索は当然町奉行所預かりとなる。

だが、遺体が光臨院の僧で、しかも慶光寺にかかわりのあった人間となれば、この先、寺社奉行所の協力も必要になるのは必定《ひつじょう》、金五の意見を無下《むげ》にする訳にもいかないのである。

第一、遺体を番屋まで運んできた以上、番屋は遺体の処置をどうするのか責任がある。それを金五たちがやってくれるというのだから、同心にしてみれば助かったという気持ちがあるのは明白だった。

「北の与力の松波さんに、後で話を通してもらえればいい」

金五のその一言で、鉄心の遺体は金五たちが引き受けることとなった。


「確かに外傷はありませんが、これは毒殺した後、薦に巻いて投げ込んだのでしょう。生きたまま川に投棄すれば、水を大量に飲んでいる筈です」

柳庵《りゅうあん》は一息置いて、十四郎にちらりと艶《なまめ》かしい視線を投げた。

「ふむ……」

十四郎と金五が鉄心の遺体の側に蹲《うずくま》ると、

「いいですか。この腹を見て下さい。異様に膨らんでおりますが、これは毒で臓器が傷み、腫《は》れあがっている証拠です。爪の色の変色も、舌が腫れあがっているのも、毒を盛られた証拠ですよ」

「何の毒か分かるか」

「恐らく、ヒ素ですね」

「ヒ素……そうか……いや、さすがだな柳庵」

十四郎は柳庵の見立てに感心した。外見は嫋々《じょうじょう》として頼りなげだが、医師の腕はやはり相当なものらしい。

柳庵は、橘屋や慶光寺のかかりつけの医者である。お登勢が以前柳庵を褒めていたが、十四郎も今日改めてなるほどと感心した。

夜は更けて、白い月が熊井町《くまいちょう》の正覚寺《しょうかくじ》の墓地を青く照らしている。鉄心の遺骸は墓地の草むらに敷かれた莫蓙《ござ》の上で、提灯やら行灯《あんどん》やら立ち並べた一際明るい中で検死が今行われたところであった。

実は、鉄心の遺骸をひきとった十四郎たちは、伝吉の申し出により、この墓地に運んできたが、同時に柳庵に使いを出して、鉄心の死因に見当をつけてもらおうと考えたのだ。

同心のあのいい加減な検証では、心許《こころもと》ないと考えたからだった。

この寺の長屋には伝吉が住まいしており、伝吉の女房おまさもこの寺の墓地に葬られているという。

「あっしの住む長屋のそばの寺に埋葬していただき、女房と同様、墓を守ってさしあげたいのでございやす」

伝吉は鉄心の遺骸を、他の寺に無縁仏として葬る訳にはいかないと言ったのである。

その訳を、鉄心の遺骸を正覚寺に運ぶ道中で、十四郎と金五に伝吉は告げた。

伝吉はもと霞《かすみ》の伝蔵《でんぞう》と呼ばれた、町奉行所もさんざん手を焼いた盗賊の頭であった。

幼い頃から身についた盗賊稼業は年寄りになっても止められず、いつの頃から か亭主の稼業に気づいた女房のおまさは、ことあるごとに盗賊稼業から足を洗うように伝蔵に詰め寄った。

とくに五十の坂を越してからは、人並に真っ当で平穏な暮らしをしたいとおまさは言った。

二人の間には女子も一人いたのだが、この娘も父親の稼業を嫌って家出し、最後は女郎宿で労咳《ろうがい》で死んでいる。行方不明になった娘の消息が分かった時には、娘は死の床にあったのである。

そういった経緯があるにもかかわらず、伝蔵は頑迷に盗賊でいることを止めなかったのだ。

とうとう三年前のある晩のこと、おまさは急ぎ働きに出ようとした伝蔵の前に立ち塞がった。おまさの手には包丁が握られていた。山姥《やまんば》のような顔をして包丁を突きつけてきたおまさを、伝蔵は張り倒して仲間の待つ場所に走ったのである。

当時伝蔵とおまさは、本所《ほんじょ》の竪川《たてかわ》にかかる二《ふた》ツ目《め》之《の》橋《はし》の南側林　町《はやしちょう》で小さな三坪ほどの飲み屋をやっていた。

おまさはその晩、店を閉めた後、隅田川に走り入水《じゅすい》したのである。

翌朝、河口でおまさの遺体が引き上げられた時、たまたま通り掛かった鉄心が、近くの正覚寺に遺体の埋葬を頼みこみ、そして、懇《ねんご》ろにお経もあげてくれたのだった。

鉄心に出会っていなければ、おまさの遺体は回向院に無縁仏として葬られたかもしれなかった。女房を手厚く葬ってやることができたのは鉄心と正覚寺の住職のおかげであった。

伝蔵はおまさが死んで、ようやく目が覚めたのであった。

それからというものは、きっぱりと盗賊稼業から足を洗い、おまさが入水した隅田川で、不幸にも投棄された遺体の始末をやっているのだと伝蔵は言った。

「女房の供養のためです。罪の償いです。そういう事情でございやすから、ご恩ある鉄心さんの仏は、放ってはおけなかったのでござりやす」

伝蔵こと伝吉も、先程から固唾《かたず》を呑んで検死を見守っていたが、柳庵が遺体の始末を終えると、急いで長屋で沸かしていた湯を桶に入れて運んで来た。

「どうぞ、手を清めておくんなさいまし。それにしても、こんなご立派な先生に来ていただけるとは、有り難いことでございやす」

伝吉は恐縮した。

「十四郎様からのお使いですもの。断れる筈がございません」

柳庵は女のような白い手を洗って、伝吉が差し出した手ぬぐいで楚々《そそ》と拭いた。

「おいおい、俺だったら来なかったというのか」

金五がからかうように言った。

「いえいえ、近藤様も、です」

柳庵は忍び笑うと、

「ああ、そうそう。このお坊さんは、多分殺されてから四、五日は経っていますね。この寒さですから腐敗もこの程度ですんでいますが……と、いうことで、私はこれで失礼致しますよ」

小指をピンと立て、襟を直すと、柳庵は月夜の墓地を腰を振って帰って行った。

「四、五日前に殺された……俺が、慶光寺から追い出したその日に殺されたのか……」

金五は、遺体の側に置いてあった鉄心の数珠《じゅず》を握り締め、悄然《しょうぜん》として呟いた。

「おぬしのせいではない。それはこの鉄心が一番よく知っている」

十四郎は遺骸に手を合わせて言った。慰めでもなんでもなく、女の駆け込み寺に坊主とはいえ男を匿《かくま》うことは不可能だった。心情的にはなんとかしてやりたいと思ってみても、寺役人の采配でどうこう成るという事柄ではなかった筈だ。

問題は現将軍の側室の肝煎《きもい》りで成った寺が、権力を笠に着て、中では何をやっていても野放し状態にある事だ。そういった不条理には怒りが募る。何処かの権力の下で禄《ろく》を食《は》んでいた時よりも、野に放たれて浪人となってからの方が、憤りは強かった。

三

霧が晴れると、隅田川縁《べり》の一帯は冬枯れの大地であった。ところどころに松などの針葉樹が緑を蓄えてはいるものの、霜や雪に打たれた地上の枯色に圧倒されて、戸惑いながら立ちん坊をしているかに見えた。

だが、寂寞寥々《せきばくりょうりょう》たる景色の中で、寺島《てらじま》村の渡し場だけは、人の影があるようだった。

この辺りの隅田川両岸には、少し入れば神社仏閣が点在する。おそらく、渡し場に見える人影は、まだ初参りを済ませていなかった人達が参拝に訪れたものだと思われた。

「十四郎様、木母寺《もくぼじ》はもうすぐでございます」

猪牙舟《ちょきぶね》を漕ぐ藤七が、舳先の向こう、右土手を指した。

「うむ」

十四郎は、櫓《ろ》の軋《きし》みを片方の耳で捉えながら、藤七の指す前方の林を見て頷いた。

それは、今戸《いまど》を過ぎて、都鳥《みやこどり》の餌場になっている川中を、鳥の群れにことわるようにゆっくり進めてまもなくのことだった。

木母寺は能『隅田川』の舞台となった寺である。京の都北白川《きたしらかわ》に住む母が、ひとさらいにあった我が子梅若《うめわか》丸を訪ねてここまでやってくるという話だが、もう一つの話では、我が子がここで亡くなったと知った母親が、尼になって梅若丸の菩提《ぼだい》を弔ったとも伝えられ、子の幸せを願う母親たちの木母寺詣《もうで》は知る人ぞ知る。

この木母寺で、鉄心は光臨院に入るまでの数年間を過ごしていた。

それを思いだしたのは伝吉で、女房のおまさを埋葬した時、鉄心が自分は木母寺から府内に出てきた者だと言ったという。

鉄心の故郷が関屋の里だということは十四郎たちも聞いていたが、詳しい話を聞く前に慶光寺から追い出したため、関屋のどのあたりに住まいしていたのか子細は分かっていなかった。

そこで今日、十四郎と藤七は、早朝に三ツ屋の前から舟に乗り、隅田川を上ってきた。鉄心の母と姉に会い、鉄心の死を告げるためだった。

三日前の夜、鉄心は深川《ふかがわ》の正覚寺に埋葬された。

埋葬直前、検死した柳庵の診立てを、十四郎と金五はその夜のうちに、鉄心を運び込んだ佐賀町の番屋に届け出ていた。鉄心の死因は、今後の調べの鍵を握ると考えたからだ。

だが、昨日になって慶光寺に松波がやってきて、寺務所に入るや鉄心殺しの探索は上からの命令で出来なくなったと告げたのである。

「私にはどうしようもないんだ、すまぬ」

松波は頭を下げた。

「やはりな。そんなことだろうと思っていたぞ」

金五は苦々しい顔を、傍にいた十四郎にちらりと向けた。

「上様の側室の息がかかっている寺の名が、調べの上に出てきては都合が悪いということだろう。しかし、そんなことをやってるから、近年は破戒《はかい》僧が横行するのだ」

金五は延命院《えんめいいん》事件からこっち、女犯《にょぼん》や金銭のもつれで罪人となった僧たちの名を挙げた。

「まったく、寺社奉行所様も大忙しだ」

憤然と言い放った。

「とはいうものの……」

金五はいま立てた腹を横において、困惑した顔を見せ、

「今度の一件だけは、じゃあこちらがと大きな声も上げられぬ。今も十四郎に話していたのだが、慶光寺の先行きを考えると二の足を踏む。俺もいろいろ考えてみたが、伝吉には悪いが動けぬ。ごまめの歯ぎしりで終わりそうだ」

金五は松波と見合って肩を落とし、溜め息をついた。理不尽なものへの怒りと諦めが、握った拳に表れていた。

しかし、二人とも動かぬということは、鉄心殺しは闇に葬られるという事だ。まだ探索が緒《しょ》についたばかりだというのに、この事件の結論は早々に出たのだった。

二人とも体制の中にいる。そして金五には母親がいて、松波には妻がいる。そんな二人が、一介の僧の探索に身を賭《と》してもという気持ちになれないのは当然だった。

「分かった。俺一人でやる」

十四郎は刀を摑んで立ち上がった。

「よせ。おぬしも慶光寺と関わりのある人間だ」

金五が手を泳がせて、まあ座れと言った。

ふっと、十四郎は苦笑して、

「俺は浪人だ。おぬしたちとは違う。それに、俺には母もいなければ妻もおらぬ。気楽な身分だ」

「橋屋がどうなってもいいのか」

「迷惑がかかるというのなら、今日限りで橋屋の仕事をやめる」

帯に刀を差し、土間に下りた。

「お待ち下さいませ。十四郎様」

その時、入り口の戸が開いて、外の光と一緒にお登勢が入って来た。お登勢は松波に軽く頭を下げると、

「橋屋をやめていただく必要はありません。私もあなた様にご一緒します」

お登勢はすっと背筋を伸ばすと、そう告げた。

「待て、お登勢まで何を言うのだ」

金五が慌てて立って来た。

「近藤様、どうか黙って見ていて下さい。おっしゃることはよく分かりますが、橋屋は、名もない人の、通常の御定法《ごじょうほう》では決着しかねる話に決着をつける手助

けを致しております。そのために手札《てふだ》を頂いているのだと自負しております。鉄心さんは一度は私たちの懐に飛び込んできた人です。その人が殺されて、このまま事件をうやむやにするなんて、私の気持ちが許しません。もしもこの一件を調べたことが罪だと言われ、橘屋を取り上げられても少しも悔いはございません」

きっぱりと言った。女は男よりも一途《いちず》である。何かを決心した時には、どんな理屈をくっつけようがけっして屈することはない。

きりりと見据えたお登勢の目には、意地でもという決意が見え、金五も松波も黙ってしまった。

緊張した空気が、誰かの次の言葉を待った。すると、松波が大きく息を吐いて

「お登勢殿」と言った。

「配下の者が光臨院に鉄心という僧のことを尋ねたら、そんな僧は知らないと言ったそうだ。嘘をつく何かがあるという事だ」

松波は、ここ二日の間に調べ上げたことだが、と前置きして、

「光臨院にはよからぬ噂がたっている。信者から多額の祈禱料を取り、一方で座《ざ》頭金《とうがね》まがいの金貸しをやっているらしい」

と言った。せめて一臂《いっぴ》の力をかそうという思いが、言葉の端に表れていた。

「ありがとうございます」

お登勢は礼を述べ、これは私の独り言ですがと断ると、

「私が柳庵先生から聞いた話では、伊勢崎町《いせざきちょう》の小間物屋のお咲《さき》という娘が正月早々首を括って自害したそうですが、おなかに子を宿していたということでした。娘は光臨院に通っていたのだそうでございます……では」

お登勢は松波と金五に一礼すると、

「十四郎様……」

十四郎を促して外に出た。

「私は、あなた様を信じております」

お登勢は、石橋の上で立ち止まると、微笑をたたえた目でそう言った。だがその目は真剣だった。心なしか黒い瞳が濡れているように見えた。

十四郎を信頼し、自分の運命も託しましたという決意が、濡れた目の奥で光を放ち十四郎を捉えていた。

「お登勢殿……」

あの時の、お登勢の顔が、今でも十四郎の胸にある。

「塙殿と申されましたか……鉄心は、人の恨みを買うような子ではございませんぞ」

木母寺の庫裏《くり》を訪ね、鉄心の死を告げると、老住職は囲炉裏《いろり》の火から目を上げて、驚きとも怒りともとれる声を上げた。

そして「むごいことをする……」と独《ひと》りごちた。

「鉄心は御府内に出るまで、この寺で修行していたと聞いているが……」

「はい。あれは八歳の時でしたか、父親に連れられて参りました。それから十七歳になるまでずっとここにおったのです。真面目で、利発な子でした。ご存じのようにこの寺は、子を持つご婦人たちが参られますでな。目鼻立ちも整った鉄心は参拝客に可愛がられましての、いくばくかのものを包み、あの子の手に握らせてくれましたのじゃ。それをあの子は、すべて母御に送っておった。なぜ、自分がここに来たのかそれがよおく分かっていたのだ……いじらしい子でござった。私もこの子ならば御府内のしかるべき寺で修行すれば末は頼もしいと思いましての、ここを出るのを勧めましたが、それが……」

住職は側にあった木の枝に手を伸ばし、痩せた両腕に力を込めて二つに折った。枝は乾いた音を立て、まっぷたつに折れた。炉《ろ》の中に放り込むと、赤い炎が燃え上がり、老僧の尖った頰が浮かび上がった。

「で、鉄心の母御の住まいでござるが、俺は関屋の里としか聞いてはおらぬ。ご住職はご存じか」

「会いに行かれますのか……」

「そのつもりだ」

住職はしばらく黙って火の熾りを見詰めていたが、火箸を摑むと、灰の中に絵図を描いた。

「この寺の、裏の道を左に参られよ。そうだの……四半刻《しはんとき》（三十分）も歩くと茶畑が広がっておる。その茶畑が切れてまもなく、何軒か百姓家が建っているが、その一軒が鉄心が生まれた家じゃ……一番粗末な家を訪ねるといい」

住職はそれで黙った。じっと何かを追想している風だった。


「ごめん……」

十四郎と藤七は、茶畑が切れ、一町ほど歩いたあたりの、荒れた地に建つ一軒の前に立った。家屋というより馬小屋のような家だった。家の中からは、トン、トン、という木槌《きづち》の音が聞こえていたが、もう一度十四郎が声を掛けると、その音はピタリと止んだ。

そして、ガタガタと音がしたと思ったら、暗い家の中から老女が伝《つた》い歩きをして出てきた。

老女は目を閉じて、耳で十四郎たちを見た。

「誰じゃ……きくか」

「鉄心の母御か」

十四郎が尋ねると、老女はぱっと明るい顔をして、転びそうになって身を戸口に乗り出すと、外に向かって、

「きく……きく……鉄心から便りがきたぞ」

と、大声で呼んだ。すると、家の横手から二十二、三と思われる女が走って出てきて、

「おっかさん。駄目じゃないか、外に出ちゃあ」

と、母親の前に走りよって体を支え、側で啞然《あぜん》と見ていた十四郎と藤七に黙礼すると、老女を土間の中の筵の上に座らせた。

筵の上には藁《わら》と木槌が置いてあって、老女は藁を打っていたようだった。板壁には編んだ草鞋の束がいくつも掛けてあり、暗いと思ったが土間の奥に一部屋板

間があって、そこには囲炉裏が切ってあり、心細げな火がちろちろと燃えていた。

一瞬にして、鉄心の子供の頃の生活が見えてくるようだった。

きくと呼ばれた女は姉のようだが、無造作に髪を荒縄で束ねていた。鉄心に似て色白で目鼻立ちの整っている美形であった。それがいっそう哀れを誘った。しかも二人とも一応綿入れは着ているものの、いずれもつぎはぎだらけで、どの色がもとの綿入れの色か分からない程だった。

「あの、実はな」

十四郎が、きくという女に話しかけると、きくはしっと口に人差し指を当てた。

そしてきくは、母親に向かって、

「よかったね、おっかさん。今鉄ちゃんの手紙を読んでやるから、ちょっくら待ってろ、おれ、手を洗ってくるべ」

そう言うと、十四郎と藤七を手招きし、家の横手に誘った。

そこには申し訳程度の菜畑があり、きくはその菜畑の世話をしていたようだった。

「どなたか知らねえが、おっかさんは目が見えねえだ。だども、毎日鉄心の便りを待ってるだ。だからおれは、いつも鉄心から便りが来たと嘘をついては手紙を読むふりして、鉄心の話、聞かしてんだ」

　おきくの話によれば、二年前までは毎月鉄心から便りが届き、その中にはなにがしかの金が入っていた。ずっとそういう生活を続けていたから、誰か人が訪ねてくると、母は鉄心からの便りだと勘違いするのだと言った。

「二年前から音沙汰はなかったのか」

「時々はあったども、去年の夏頃から一度もねえ。だどもそんなことおっかあには言えねえべ。便りが途絶えたなんて言ったら、おっかあは死ぬ。おれはそれが恐ろしくて、ずっと嘘をついてただ」

「そうだったのか……」

「お武家様。おれもおっかあも、鉄心の金を待ってるんじゃねえ。鉄心が元気で、いつか立派なお坊さんになって帰ってくる。その時を待ってるだ」

　おきくは、鉄心から送られてきた金は、すべて鉄心が立身した時のお祝いに使ってやろうと貯めてあるのだと言った。

　そう言った後、ふと気づいたように、どうして訪ねてきてくれたのかと聞いた。

　十四郎は迷っていた。藤七も思案しているようだった。

　貧しく、なんの楽しみもない母と姉の生き甲斐は、鉄心が立身して帰ってくることだ。鉄心が殺されたなどと告げると、二人はこの先、暮らしていけないのではないか。

——いっそ何も告げずに帰ろうか……木母寺の住職が思案していたのも、こういった事情を知っていたからかもしれぬ……。

十四郎は目顔《めがお》で藤七に聞いた。藤七も頷いて、

「おきくさん。驚かないで聞いて下さいよ。実は鉄心さんからの言伝を持ってきたんです。鉄心さんは修行のために上方に行きました。遠いところです。ですから、おっかさんが生きているうちに帰れるかどうか分からない。それでこれを、自分だと思って持っていてほしいと……」

藤七は懐紙に包んだ鉄心の数珠を、おきくの掌に載せた。数珠は鉄心のたった一つの遺品だった。

「鉄ちゃんが……」

おきくは数珠に頬ずりしていたが、

「鉄心が上方に行ったなんて嘘だべ……お武家様も旦那さんも嘘をついてるだ。鉄心に何かあったんだべ……そうだんべ……おれだけには、はっきり言ってくれ」

おきくは、摑みかからんばかりの顔をした。

「分かった……本当のことを言おう……鉄心は、悪い奴に殺された」

「こ、殺された」

「そうだ」

「鉄心が……鉄心が……」

おきくはぼろぼろ涙を流していたが、やがてきっと顔を上げ、

「知らせて下さいまして、ありがとうごぜえました。でも、おっかあには言えねえ」

と言ったのである。

「すまねえが、お武家さんも旦那さんも、鉄心の便りを持ってきたことにしてくだせえ」

「分かった。だがな、おきく。俺たちがここに来たのは、きっと鉄心の敵をとってやろうと、それを伝えたかったんだ」

「よろしくおねげえいたします。おれは字が読めねえだども、作り話なら得意だ。おっかあには、ずっと作り話をして聞かせるだ」

おきくはそう言い、ぺこりと頭を下げた。するとまた、老母の呼ぶ声がした。

おきくは涙の跡をぐいと掌でぬぐうと、数珠を懐深くしまい込んで老母のもとに走っていった。

十四郎と藤七が帰ろうとして家の前に戻った時、中からおきくの声が聞こえてきた。

「おっかあ、元気か。俺も元気で頑張っている。今日はお経の読み方が上手だとご住職に褒められた。俺が頑張れるのもおっかあがいるからだ。おっかあ、風邪ひくな。おっかあ、飯、たくさん食って長生きしてくれ。おっかあ、姉ちゃんと仲良くやれよ……」

おきくの声は次第にとぎれ、むせび泣く声に変わった。

「十四郎様……」

藤七が、不安な表情を見せた時、

「おっかあ、嬉しいね、鉄ちゃんの気持ち……嬉しくて涙が出るべ……おっかあは幸せ者だ」

おきくの声は笑っていた。

四

「私は南新堀《みなみしんぼり》にあります酒問屋『伏見屋《ふしみや》』の内儀でお登勢と申します」

「ほう……で、何ゆえあってご祈禱を望まれる」

岩のような坊主頭の中年僧が、素早くお登勢の体をなめまわすように見て言った。口元には嗤笑《ししょう》の色が浮かんでいる。

「はい。商いには何の心配もございませんが、私ども夫婦には子ができません。ぜひ、子宝に恵まれますよう、よろしくお願い致します」

光臨院の本堂横には、ご祈禱受所の建物がある。そこに入って、お登勢が袱紗に三両を包み、祈禱を頼んだのは八ツ（午後二時）の鐘を聞いてまもなくのことだった。

お登勢の後ろには楊枝をくわえた素浪人、用心棒役の十四郎が両手を懐に差し入れて、入り口の柱によりかかり、二人のやりとりを聞いている。

岩頭は、祈禱料三両を袱紗ごと三方に載せると、視線を十四郎に投げ、

「そちらの御仁《ごじん》は？」

と聞いた。顔には警戒の色が浮かんでいる。

「用心棒でございます」

「ご祈禱を授かれるのはお内儀お一人、用心棒殿には帰っていただくように」

「ちょっと待て、俺には俺の務めがある」

「お嫌ならば、お引き受けできませぬぞ。なにしろ、こちらのご住持は気を散らされるのが大嫌いのお人……」

「分かりました。おっしゃる通りに致します」

「ならばよろしい。では、しばらくここでお待ちなされ」

岩頭はそう言うと、奥へ消えた。

「十四郎様、向こうの言う通りにして下さい」

「しかし、危険すぎる」

「疑いをもたれてはなんにもなりません。心配は無用です」

お登勢は胸を叩いてみせた。

十四郎は、追い立てられるように外に出た。

参道には静かな冬の光がまだ注いでいたが、参拝する客はまばらで、しかもそれは裕福そうな女や商人体の男ばかりのようだった。金をむしり取れる者でなければ、この寺は相手にしない。そういう寺の姿勢が参拝客の顔ぶれに表れていた。見渡すと、本堂には改修の跡が見られたが、まわりに建てられた堂塔はまだ新しく、おそらくこの寺が光臨院になってから建てられたものと思われた。

敷地はおよそ二千坪ばかりだろうか、寺の敷地にしては広いとは言えないが、場所がいい。阿部川町《あべかわちょう》の北側にあり、浅草寺《せんそうじ》にも近かった。それに、光臨院は祈禱専門の寺である。それを思えば十分な広さかと思われた。

十四郎は人の目につかぬように、本堂の横手にまわった。すると、裏側に庫裏があり、さらに本堂から廊下で繋がった大きな堂が一つ、目に入った。

堂の部屋数は一つや二つではない。幾つかあって、僧堂にしては造りが立派ではないかと近づこうとしたその時、本堂の方からお登勢が岩頭に連れられて渡ってくるのが見えた。

十四郎は素早く庭木の陰に身を隠した。

岩頭は堂の一番手前の部屋の廊下に跪《ひざまず》くと、中に向かって伺いをたてた。

「日照様、お連れしました」

「入れ」

中から野太い声がし、岩頭は障子を開けてお登勢に入りなさいと促した。

お登勢が頷き、中に入った。すると、岩頭はピタリと障子を閉めるやするする
と立ち去った。

十四郎は慌てて縁の下に潜り込んだ。

耳を澄ますと、頭の上で先程日照と名乗った声が「よく参られた」と言ってい
るのが聞こえてきた。

「お登勢と申します。よろしくお願い致します」

お登勢の声だった。

「お子が欲しいという事だが、ふむ……も少しこちらに参られよ」

「はい」

お登勢が立ち、日照の側に近づいて、そこに座った。お登勢の着物の裾を引く
音で、案外はっきりと様子が分かる。

「あっ」

お登勢が小さく叫んだようだ。

「驚くことはない。そなたの体が子を生めるかどうか、検《あらた》めるだけじゃ」

日照の有無を言わさぬ声がした。そして沈黙、呼吸にして一つか二つ……胸が
塞がるような空白があった。十四郎には日照がこれから何をしようとしているの

か、手にとるように見えてくる。

——いかん。

意を決して飛び出そうと動いたその時、

「お待ち下さいませ。私はただ、ご祈禱をお願いに参っただけでございます」

やんわりとお登勢の争う声がした。

「だから……いいですかな。私の掌には万力が備わっている。ご祈禱の前に万力の光の輪を、そなたの体に授けようと思っているのじゃ。なに、怖がることはない。目をつむっていればすぐに済む」

「日照様、祈禱料には糸目はつけませんが、そういうことなら、このままこれで失礼いたします」

お登勢はきっぱりと言い、膝で後退《あとじさ》りする音がした。

やがて日照の笑う声が聞こえてきた。下卑《げび》た笑いは、お登勢の狼狽《ろうばい》する様子を見ながら、それを楽しむかのようだった。だがふいに笑いを消すと、

「よろしかろう。今に少しずつ慣れてくる。今日はこれぐらいにして、すぐに祈禱をしてしんぜようぞ。参れ」

日照は立つと、荒々しく障子を開けて廊下に出た。意に沿わなかった女への苛

立ちが、男の十四郎には分かる。だがお登勢は、聞き慣れた足音をたて、日照の後を追った。

――日照の奴、とんでもない坊主だ。

十四郎は飛び出したいのを我慢して、去っていく二人の足音を追っていると、ふいにもう一つ奥の部屋と思われる場所から、なまめかしい女の声が聞こえてきた。忍び寄って耳を澄まし、

――あっ。

十四郎は釘付けになった。先程のお登勢と日照の会話といい、いま聞こえている女の声といい、鉄心が光臨院では口にも出せないような恐ろしいことが行われていると言った、その正体を見たと思った。

十四郎は、そのままそこに蹲った。

すると、女の声はますます乱れ、

「にちげん……にちげん」

僧の名と思える相対した男の呼称を何度も口走り、秘めやかな音とともに、やがて男の激しい息遣いが聞こえてきた。

「まつしま様……」

男は感きわまって呼んだ。だがその声を最後にして、部屋はいっとき静寂を取り戻した。そして、衣服を改める慌ただしい気配がした。

十四郎は急いで庭の茂みに背をまるめて走り、そこで腰を落として女が出てくるのを待った。まつしまと呼ばれた女が何者なのか、ぜひにも確かめておく必要があった。

やがて、静かに戸が開くと、中から若い僧がまず姿を現し、素早く辺りを窺うと、後ろを振り返って頷いた。

すると、するりと身を翻《ひるがえ》して女が出てきた。

女は金糸銀糸の縫い取りが入った打掛を着た美形であった。豪奢《ごうしゃ》な衣裳、それを纏《まと》った取り繕った表情には、つい先程まであられもない悲鳴を上げていたとは思えないものがある。だがそれだからこそ、厚塗りの顔の下にある、女の肉の欲深さを見たようでぞっとした。

女は打掛の褄《つま》をすいと摑むと、先に庭に飛び下りて草履《ぞうり》を揃えた若い僧の手に摑まって、抱き抱えられるようにして庭に下りた。

では……というように二人は頷き合うと、若い僧が先導して、堂の裏手の道に向かった。

気づかれぬように十四郎も後に続いた。

──なんと。

立ち木の陰から垣間見える裏門に、長持《ながもち》を用意して待っている商人がいるではないか。女がそこに走りよって打掛を脱ぐと、商人は急いで側に置いてあった長持の蓋を取った。

女はその中にするりと入った。商人は女が脱いだ打掛を、長持に横たわった女の体に被せると蓋を閉め、おいっというように門扉《もんぴ》の外に合図を送った。すると、数人の男たちが入ってきて、長持を軽々と持ち上げて外に出た。

僧が門扉を閉めて立ち去ると、外に車輪の軋《きし》む音がした。

「その長持だが、平川《ひらかわ》御門に入っていったぞ」

十四郎が苦り切った顔でお登勢に告げると、お登勢はさもあらんという顔をして、

「大奥ですね……で、その商人の名は知れましたか」

と聞く。聞きながら、今お民が置いていった茶を引き寄せた。

──まったく……。

お登勢はつい先程まで、こっちが心配でやきもきしていたことなど少しも知らないといった体《てい》である。

十四郎が長持を追って千代田城まで行き、更に商人の出てくるのを待ってその素性を確かめ、橘屋に帰ってきたのは五ツ（午後八時）、とっくに帰っていると思っていたお登勢はまだ帰っていなかった。

それを知った時、ふっと光臨院の縁の下で聞いた日照とお登勢のやりとりを思い出し、十四郎の胸はまたたくまに不安と苛立ちのないまぜになったものに襲われた。

藤七もまだ帰ってはおらず、もう一度光臨院を覗いてみようかと踵《きびす》を返し、玄関の引き戸を開けたところで、

「あらっ」

涼しい顔のお登勢と鉢合わせになった。

「心配したぞ」

つい、尖《とが》り声になった。お登勢の顔を見た途端、不安は怒りに変わっていた。

「すみません」

お登勢は悪びれた様子もなく、むしろ嬉しそうな顔をして謝ると、すぐにお民

に二人分の夜食の用意を言いつけて、仏間に入った。

お登勢には、自身で事件を調べてきたという活気がみなぎっている。それは、てきぱきと十四郎に話す声にも現れていた。

「商人の名は、呉服太物《ふともの》商相模《さがみ》屋弥兵衛《やへえ》、つい最近大奥の御用達《ごようたし》商人になった男だ」

「女の名は、『まつしま』でしたね」

「そうだ」

「ということは、多分そのお人は、大奥の、恐らく側室お多摩の方に近いお女中、それも身分の高い御年寄《おとしより》あたりでしょうね。まっ、それは確かめますが……」

「そちらの首尾は」

「日照は、私が酒問屋の内儀だと信じきっています。ご祈禱所は別の棟にありましてね、ところがそこに、鉄心さんのように美形の若い僧が四、五人いるのには驚きました。いかに日照が衆道を好むといっても、これは異常ではないかと考えましたが、ところがです。ご祈禱の途中で若い僧は信者たちといずこへか消えるのです。それが何だったか、今十四郎様のお話を聞き納得がいきました。日照自身も信者の女たちに、いかがわしい祈禱を行っていることは間違いございませんが、弟子たちにも大奥の女たちをはじめ女信者の相手をさせているんですね」

「よし、そこまで分かれば、後は俺に任せてくれればいい」

「そうは参りません。私にも、もう少し調べさせて下さいませ」

「あんなところには近づかぬ方がよい」

厳しい口調で十四郎が言うと、お登勢は黙った。困惑したような顔だった。どちらともなく茶碗を取って茶を啜った。

と、そこへ藤七が顔を出した。

「今帰って参りました」

藤七は、松波から聞いた座頭金まがいの金貸し業について調べていた。

「ちょっと会っていただきたい人を連れて参りました」

藤七はそう言うと促すように頷いた。十四郎とお登勢が帳場に向かうと、痩せた体に薄汚れた衣類をまとい、月代《さかやき》を伸ばした男が膝を揃えて待っていた。男の体からは異臭が漂っており、一見浮浪の民かと思われたが、十四郎とお登勢を見迎えた表情には、いやしからざるものが残っていた。

「私は、柳橋《やなぎばし》で味噌醤油を商っておりました『升屋《ますや》』の多兵衛《たへえ》と言いますが、このような恥ずかしいなりで申し訳ありません」

升屋は律義に手をついて言った。

「十四郎様、升屋さんは一年前、店の行く末を案じて光臨院にご祈禱を頼みにいったようですが、日照から資金繰りの金が欲しければ、いつでも、幾らでも融通すると言われ、安易な気持ちで金を借りたのが運の尽き。利子が利子を生み、あっという間に店まで取られてしまったというのです」

藤七が側から説明すると、升屋は頷き、目に怒りをいっぱいためて、十四郎を見た。

「いったい、いかほど借りたんだ」

「百両です」

「百両で店を取られたというのか」

「はい。僅か百両で店を取られてしまいました。お恥ずかしい話ですが、店も古くなっておりましたので、改築したいと思ったのです。いや、それだってあの日照が、店を改築して間口も綺麗にすれば、客は倍になると言ったものですから……それを真に受けて……そうしましたら、借金はひと月後には利子ともに百二十五両、三月後には二百両、半年後には五百両になっていました。座頭金《ざとうがね》より酷い利子です」

「そんな馬鹿な。おまえは証文も見ずに爪印《つめいん》を押したのか」

「十四郎様、証文に記した利子の他に、毎月の祈禱料がくわえられていたのでございますよ」

藤七が補足した。

「何、祈禱料だと……」

「向こうが勝手に足したものです。店が繁盛するようにずっと祈禱していたんだと言われました」

心の奥で飼っていた憎悪を、吐き出すように升屋は言った。

「なぜ奉行所に訴えなかった」

「訴えましたが、そんな金を借りたおまえが悪いんだと、とりあってもらえませんでした」

「そうか……もともと借りたのは百両だったのだな」

「はい。店を取られてからは女房子供にも絶縁され、死ぬこともできずにこの有《あり》様《さま》です。この恨み、誰かに晴らしていただけるのなら、そう思いまして、恥をしのんでこちらに参りました」

「よく分かった。して、一つ確かめたいことがあるのだが……」

「何でしょうか」

「光臨院の『にちげん』という僧を知っているか」

「知っています。私のところにも何度か取り立てに参りました」

「よし」

十四郎は升屋の目を、じっと見据えて言った。

「一役買ってもらいたい」

「私に、でございますか」

光を失っていた升屋の目に、赤い炎が燃え上がった。升屋は膝を直して、

「何なりとお申し付け下さいませ。落ちぶれたとはいえ、升屋も男でございます」

きっぱりと十四郎を見て言った。

五

「お願いでございます。どうか、この縄をほどいて下さい」

後ろ手に縛られた日元《にちげん》は、身をくねらせて十四郎に訴えた。

「静かにしろい。これから、こちらの旦那の話をよく聞くんだ。言うことを聞かねえと鉄心さんがやられたように、おめえさんも海に投げ込んでやってもいいんだぜ。いいか、旦那がやめろとおっしゃっても、俺がやる」

伝吉は老人とは思えない凄みを見せた。さすがと言っていいのかどうか、土左衛門舟の上で日元に脅しをかける伝吉は、霞の伝蔵と呼ばれた頃を彷彿《ほうふつ》とさせた。

今日昼過ぎ、十四郎は升屋を使って光臨院の日元を呼び出させた。

升屋はお登勢の計らいで風呂に入り、衣服を改め、再興叶った商人として光臨院に乗り込んだ。そして日元を呼び出して、前の店を是非買い戻したいと言ったのである。

何も知らない日元が升屋に連れられ光臨院を出てきたところを、十四郎と藤七が待ち受けて拉致《らち》し、待たせていた伝吉の舟に乗せた。

「升屋、おまえさんはここまででいい。後は俺たちがやる。それまで橋屋で待っていろ。決着がつくまで表には出ない方がいい」

舟に一緒に乗り込もうとする升屋に言うと、升屋はちょっと不満そうに見返したが、

「分かりました。おっしゃるように致します。ですが、何か私にできることがあ

ればいつでも……升屋はもう失うものはございません」

升屋は意気込んで言い、漕ぎ出す舟を見送った。

そして今、舟は汐入口近くの隅田川河口にいる。

やり口は乱暴で褒められたものではなかったが、早期の決着を望むには、この際致し方のない手段であった。

仲間も探索や捕物に関係のない土左衛門伝吉と升屋の二人と組んだのも、金五や松波が動けない以上、苦肉の策だ。

十四郎は真っ青な顔をして震えている日元に、鉄心殺しの頭目と殺しの手段を聞いた。

「おっしゃる通りでございます。鉄心さんは日照様の一のお気に入りでございました。ですから、裏切られたと知った時、許せなかったのだと存じます。毒を飲ませたのは日照様です。薦《こも》に巻いて海に投じたのは私たちです」

日元はそう言うと、更に光臨院の金儲けの仕組みを披瀝《ひれき》した。

それは、十四郎たちの考えていた通りの筋書きだった。

将軍の側室お多摩の方の寵愛《ちょうあい》をいいことに、日照はまず祈禱寺を建てさせた。

そうしておいて、呉服太物商の相模屋と結託し、大奥の女中衆を長持で光臨院に運び込み、日元たち若い僧を使って肉林の中に置いたのである。

女ばかりの世界に住む女中たちは、いとも簡単に日照の手に落ちた。

女中たちは一度男の味を知ると、われもわれもと光臨院に押し寄せてくる。日照はその女たちから多額の祈禱料をぶん捕った。

それは、大奥の女中衆に限ったことではなくて、旗本《はたもと》の娘や女中、商家の内儀や娘と、日照は金さえ取れると知れば誘いを掛けた。

女たちはまず祈禱所や堂内で日照の肉欲の洗礼を受けた後、次からは弟子たちに体を預けるのである。

時には祈禱の途中で、日照が女の体に万力を与えると称して撫で始めると、女たちも自ら日照の手を求め、喜悦《きえつ》の声を上げながら、そのままそこが褥《しとね》となることも度々だった。

日常では想像もできない禁断の世界、目を覆うばかりの狂宴が光臨院では日々繰り広げられているのであった。

目を背けたくなるようなそんな世界を、若い僧たちが甘んじて受けるのも、ひとえに、その夜日照のなぐさみものになりたいからだ。日照に体を任せれば将来を約束される。寄せ集めの、ろくろく修行などしておらぬ僧たちは、日照の歓心を買うことのみに全力を注ぐのだった。

「日照様も、本当に僧侶だったのかどうか……」

日元は苦笑してみせた。

「そんな人間がなぜお多摩の方に近付くことができたのだ」

「相模屋さんでございます。あのお方はお多摩の方様とは縁続きだと聞いております。ですから、相模屋さんはまず日照様をお多摩の方様に引き合わせ、ご寵愛を受けたところで、今度は日照様が相模屋さんを御用達にするよう勧めたのだと聞いております」

「汚ねえ奴らだ。盗賊だってそこまで汚くはねえ」

伝吉が苦々しげに言った。

「伊勢崎町の小間物屋の娘が死んだのを知っているな。あの娘もそういうことだったのか」

十四郎が念を押す。

「はい」

「ふむ……そうしてかき集めた金を、一方では升屋のような商人に貸していたのだな」

「そうです。日照様は、どんな悪辣《あくらつ》なことをやろうが、俺には上様がついている。そう申しておりましたし、事実、そうでした。升屋さんのように身代《しんだい》を取られた人たちが、お奉行所に訴え出ようとも、一度も、誰も、聞き込みにすら来なかったのです」

「愚かな……」

十四郎は鬱然《うつぜん》として目の前の日元を見た。怒りを通り越して、何かが狂っていると、そう思わなければこの怪異な事件は説明しようもないと思った。

「あの、これで私は帰していただけるのでしょうか」

十四郎が黙ったのを潮に、日元がおそるおそる伺いを立てた。

「帰せぬな」

「へっ」

日元はぎょっとして見返した。

「おまえはいざという時の証人になってもらわねばならぬ」

「それでは約束が違います」

「馬鹿……おまえが黙って寺を空けたことはもう日照は気づいているぞ。鉄心のことを考えてみろ。一度寺から姿を消した者がどうなるか、火を見るよりあきらかではないか」

「……」

「殺されたければ帰るがいい。だがな、万が一日照に許されたとしても、近いうちに女犯《にょぼん》の罪で遠島《えんとう》となるぞ。いや、鉄心殺しで死罪だろうな。ただし、俺の言うとおりにしておれば、生きられる道もあるやもしれぬ」

「あああ、あー……」

日元は動転して泣き出した。

「うるせえな！……まったく、世話のやける野郎だぜ」

伝吉は、鼻で笑って睨みつけると、煙管《キセル》を取り出して旨そうに煙草を吸い始めた。

「爺さん、この者をしばらく預かってくれ」

「へい、任せてくだせえ。なあに、この舟に縛り付けておけば逃げたくても逃げられやしねえ。それにいざという時にゃあ……」

伝吉は懐に呑んでいた匕首の柄を、ちらりと襟元から覗かせた。

泣いていた日元がそれを見て「ひぇ……」と声を上げ、泣き止んだ。

十四郎は苦笑して、そこで藤七と二人陸《おか》に上がった。

既に陽は西に傾き、夕闇が冷たい風を伴って、一帯を薄墨色に染め上げていた。行き来する舟の舳先《へさき》に、一つ二つと明かりが灯る。振り返って土左衛門舟を見ると、提灯に火を入れた伝吉が、十四郎に提灯で丸く輪を描いた。

「十四郎様……」

土手の上からお松の声が降ってきた。

「お松、どうした」

十四郎と藤七がかけ上がると、

「近藤様がお待ちです」

「金五が……」

「はい。近藤様のご様子、少し変でした」

「何……」

三ツ屋の二階に上がると、沈痛な顔をした金五と柳庵が待っていた。

「どうした金五、柳庵先生まで……何かあったのか」

「十四郎……華枝殿が死んだ」

「何……」

「華枝殿は、光臨院の日照に殺されたのだ」

金五は言い、赤い目をきっと十四郎に向けた。血走っているのかと思ったがそうではなく、涙を堪えた痕だった。手は膝頭の上で堅く拳を作っている。

「まさか……おい、順を追って話してくれぬか」

十四郎は摑んでいた刀を置いて、腰を据えた。

金五は、一言一言、絞り出すように言った。

「十四郎、おぬしにここで、華枝殿との縁談の話をして十日になる」

「うむ」

「あのあと、すぐに、俺は偶然、両国橋の上で華枝殿に会ったのだ……」


華枝は、鴇《とき》羽《は》色地の縮緬《ちりめん》に草花模様を染め抜いた着物を着て、紫の風呂敷包みを抱えて立っていた。それは人待ち顔ではなく、左右どちらに踏み出そうかと思案している様子であった。

金五は初め、美しい娘が立っているなと目の端に捉えて側を通り過ぎたが、数歩歩いて振り返った。

細い首と、つんと澄ました瓜実顔《うりざねがお》が、幼い頃の華枝そっくりだったからである。

「華枝殿……華枝殿ではござらんか」

「金五様」

華枝はすぐに気づいて、ぱっと明るい顔をした。だが次の瞬間、はしたない声を出したというようにはにかんだ。

「こんなところで、いかが致しておるのだ」

金五は思いがけず華枝が弾んだ声を出したので気を良くした。縁談の返事はまだ貰っていなかったが、少なくとも自分を悪くは思っていないと直感した。

「嫂《あによめ》の懐紙を今日これから買いにいこうか、次にしようかと迷っていたのです」

と華枝は言った。華枝の家は、先年父親が死に、兄が家督を継いでいる。だから家族は、華枝の母と兄夫婦、それに華枝の四人の筈だった。

「なんだったら、ついていってやろうか……」

言いながら金五は、すばやく華枝の白い顔やたおやかな首筋に目をやった。華枝は見違える程垢《あか》抜けて、肌は瑞々《みずみず》しく輝くようだった。しかも品のよい娘になっていた。その華枝と、自分は縁談を進めているのだと思うと誇らしい。

「じろじろ見ないで下さいませ」

華枝は口をとんがらせてみせた。またそのしぐさが可愛かった。

「いや、そのなんだ……嫂殿の買い物が次でよいのなら、近くでお茶でもどうだ。甘い物でも食べないか」

思い切って誘ってみた。ひょっとして断られるかもしれないと思っていたが、華枝はちょっと考える振りをした後、

「少しだけなら……」

悪戯《いたずら》っぽい目で笑った。

金五は驚喜した。途端に心の臓が飛び出さんばかりに鼓動を始め、柳橋の袂にある水茶屋の小座敷に上がるまで、頭の中は空っぽだった。

ただ、道行く人が、一人でも二人でもいい、この二人は近々夫婦になるのだということを感じてほしい、そう思ったものだ。

小座敷に座り、しるこを頼み、改めて見合った時には、隔てていた数年の空白が一度に埋め合わされたような、そんな気分になっていた。

「三年……いや四年ぶりかな」

金五はつとめて威儀を正して聞いた。

「はい」

「そろそろどこかに縁付くのかなと思っていたら、突然大奥に行くと聞いた」

「はい。金五様もその後、慶光寺にお勤めになられたとか」

「うむ。時の経つのは早いものだ……」

金五は運ばれてきたしるこを引き寄せた。引き寄せたが箸はとらずに、華枝の顔を見た。

金五は四年前、組屋敷内に祭られている小さな稲荷の前で、華枝が手を合わせているのを見ていた。

稲荷は、組屋敷内の大通りを突き抜けた木立《こだち》の中に、慎ましく鎮座していた。そこには少し広場があって、子供たちの遊び場にもなっていた。与力の子弟も同心の子弟も、みなこの広場に物心つく頃まで集まって遊んでいた。

稲荷がある場所は、子供たちにとっても特別の場所だった。

そこで、偶然華枝が手を合わせていたのを見たのである。確かあれは、華枝が大奥に上がる前の日の夕暮れだった。

あの時、声を掛けようかと思ったが金五は止めた。それほどの仲ではなかったと思い直したからである。

ただ、なんとなく、この組屋敷から可愛らしい娘がいなくなるのが寂しかったという記憶がある。

華枝は一口、しるこを啜ると、

「美味しい……」

と、顔を上げてほほ笑んだ。本当に美味しいという顔だった。そして言った。

「金五様は、お稲荷さんの前で、わたくしを庇《かば》ってくれた事がありました。覚えていますか」

「俺が……」

「ええ……わたくしが十歳の時、男の子たちによってたかって苛められていた時に、道場からの帰りだったと思いますが、走ってきて皆を叱りつけてくれました」

「ああ、そういえば……」

そんなこともあったと思い出した。

夕暮れ時だった。組屋敷に帰ってきた金五の視線の先に、数人の男子に囲まれて泣きながら、それでも食ってかかる華枝を見た。

急いで駆けつけ、悪餓鬼どもを一喝すると、皆蜘蛛《くも》の子を散らすように、それぞれの家に逃げ帰ったのである。

相手が自分と同じような年齢ならばそんなことはしなかったかもしれないが、少なくとも悪餓鬼どもは、自分とは五、六歳の年齢の開きはあった。誰も歯向かってこないという安心があったからだ。

　華枝は金五が昔を思い出したのを見て、話を継いだ。

「あの時、嬉しくって、金五様が強い強い兄様のように思えました。将来は、こんなに強くて優しいお方のお嫁さんになれればいいなって、その時思いました。うちの兄様だったら、きっと逃げて帰っていたかもしれませんもの」

　金五は面映《おもはゆ》い心地になった。華枝の兄は剣術は不得意とはいえ、学問には秀でており、見栄えも凛々《りり》しい。年こそ金五より三つ四つ下だと記憶しているが、金五などが歯が立つ御仁ではないのである。

　それを、兄よりも頼もしいと言ってくれる華枝の心根が、金五を有頂天にさせていた。

　これなら縁談も色良い返事をしてくれるだろうと確信した。それを早く確かめたいと金五は思った。

「実は、そなたとの縁談がある。ご存じかな」

「はい」

「俺は、もう返事をしたぞ。よしなに頼むと……」

　そう言って、じっと見た。

華枝は、黙って一口、二口しるこを啜った後椀を置き、膝に行儀良く両手を揃えて金五を見た。屈託のない笑顔は消えて神妙な顔になっていた。

「私も、できればそう願いたいと存じております。ですが金五様、いま少しご返事をお待ちいただけないでしょうか」

「……ひょっとして兄上が反対か」

恐る恐る聞いた。華枝の家は御家人とはいえ家禄二百俵、それに比べて金五の家の家禄は百三十俵、今は慶光寺役人という役高がついて百五十俵余りになってはいる。

しかし、五十俵の禄の差はそう簡単には埋められぬのが武士の世界、大奥勤めをした娘なら、わざわざ金五の家のようなところに嫁にこなくとも引く手数多《あまた》は間違いなかった。

しかし華枝は首を振ってそれを否定、兄は賛成なのだと言った。

「兄上は、金五様が就かれている職は、先々が頼もしいところだと申しております。これは私自身の問題なのです」

華枝はそこで一息ついて、

「私には、どうしても確かめねばならぬことがございます……」

と、何かを思い出したように暗い顔を見せた。だが金五の不安な顔を見てとったのか、

「わたくしは、金五様以外の方とは結婚は考えておりませぬ」

と微笑してみせたのである。

どんな原因があって縁談の返事を延ばすというのか確かめたい気持ちが、金五の言葉を軽率なものにした。金五は冗談半分に、

「いや、これはここだけの話だが、近頃の奥女中は節操も何もない者たちが多いと聞いた。怪しげな寺に出入りしていると聞くが、華枝殿は違う。そういう人を嫁にできるとは俺は幸せ者だ。幾らでもお待ち申そう」

と言った。華枝は俯いて聞いていたが、顔を上げた時、厳しい顔付きになっていた。

「金五様、大奥の話は御法度《ごはっと》です。今後そのようなお話をお好みなら、もうお会いしません」

「冗談だよ、冗談」

金五は笑って遮った。

だが次の瞬間、華枝の顔が凍りついた。目は金五の後ろに放たれたまま瞬《まばた》き

も忘れている。

金五もその視線の先を振り向いた。すると、金五のすぐ後ろで商人体の男が一人立ち上がった。男は、細面の青白い顔をした、目の鋭い男だった。

「竹次郎《たけじろう》……」

華枝は男の名を呟《つぶや》いて絶句した。だが男は気づいているのかいないのか、こちらには目もくれず、白い横顔を見せ、代金を置いて外に出た。華枝に目を戻すと、華枝は真っ青な顔をして立ち上がっていた。

「どうしたんだ。誰なんだ、あの男は」

だが華枝はそれには答えず、慌てて店を出て、帰ってしまったのである。


「その日はそれで、別れたんだが……」

金五はそこで話を切った。行灯の灯のゆらぎが、金五の苦渋の顔をいっそう歪めているように見えた。掛ける言葉も見つからず、息を殺して聞いていた十四郎の膝前に、金五は懐から一通の書状を出すと、ずいと置いた。

「華枝殿の遺書だ。読んでみてくれないか。突然亡くなったと知らせを受けて駆けつけたら、先方から渡されたものだ」

「いいのか、俺が読んでも」

「いい……俺の口からはとても言えぬ」

金五は悔しそうに唇を嚙んだ。

十四郎は書状を引き寄せて、ゆっくりと開けた。右手で奉書紙《ほうしょがみ》を繰り出しながら読み進めるうちに、胸に怒りが膨れ上がった。

書状には次のような事が書かれていた。

自分は大奥では御使番《おつかいばん》を勤め、度々老女松島《まつしま》の供をして光臨院に赴《おもむ》いた。

側室お多摩の方は、松島の部屋方から側室になったお人で、二人の関係は一蓮《いちれん》托生《たくしょう》、お多摩の方は日照にご祈禱を頼むたびに松島にその役を託したのである。

ある日華枝は、松島たち大奥の女中たちが、ご祈禱と称していかがわしい行為を寺で行っていることを知った。目撃したのである。

だがその場で華枝は光臨院の僧に捕らえられ、一室に押し込められた。無理やり何かを飲まされて、気づいた時には布団に寝かされていた。

どれ程眠りについていたのか、目覚めた時、華枝は着物の乱れが気になった。みるまに不安に包まれて、呼びにきた僧に詰め寄った。それは、言葉にすらしたくない質問だった。

するとは、

「あなた様は夢を見られたのではないでしょうか。ご気分が悪くなったようなので、松島様がご用を済まされるまで床をおのべ致しました。それだけでございます。滅多なことを申されますと、あなた様ばかりか、兄上様もただではすまなくなりますぞ」

と脅したのである。

以後、華枝は松島の供から外されたが、そのうち大奥七つ口《ななぐち》からたびたび長持が相模屋によって運び出されるのを知った。

華枝は、奇々怪々な大奥勤めが恐ろしくなって、強硬に暇《いとま》を願い出て大奥を去ったのであった。

だが、以後自分はずっと誰かに見張られていると感じていた。それが誰だったか先日知れた。華枝を見張っていたのは、相模屋の手代竹次郎だったのである。

何のために見張られているのか華枝には想像がついた。その日より、ひたひたと音もなく歩み寄る黒い影に怯えるようになっていた。

そうでなくとも頭の中には、光臨院で気を失っていた時のあの不安はずっとあったのである。もし、自分が想像している通り忌《い》まわしい目に遭っていたのなら、金五との結婚はできないと考えていた。

はたして、ここ数日来、体の不調を覚えるようになり、華枝は腹を決めて光臨院を訪ねていった。

二度と顔も見たくないと思っていた日照に直接会い詰問した。すると日照は憫《びん》笑《しょう》を浮かべながら、怒るより先にこれを飲んだほうが身のためではないか、と薬を手渡したのである。

それが何の薬であるか、華枝は大奥の同輩から見聞きして知っていた。自分が知らぬ間の事とはいいえ、あの時どんな目に遭っていたのかはっきりとしたのである。

華枝は最後にこう記していた。

もはやこれまで……もう、金五様とは夫婦になることはできませぬ。また母上や兄様に迷惑もかけられませぬ。

何の力もないわたくしですが、わたくしは死を以て日照に抗議します。

金五様。お先にあの世に参りますが、わたくしのことは早々お忘れいただきまして、どうかどなたかとお幸せな結婚をされますことを、お祈りしております。

長い文だったが、最後には金五へのいたわりの気持ちが溢れていた。華枝は本当に金五を慕っていたようだった。

十四郎は読み終わると、黙って遺書を巻き戻し、金五の前に静かに置いた。するど、側に座ってじっと見守っていた柳庵が口を開いた。

「十四郎様。華枝殿は懐剣で喉元を切り自害されたが、近藤様への遺書の中に、日照から渡されたと思われる薬が入っていたようです」

柳庵は、それがこれですが、と薬包一つを出した。

「これは、この正月に伊勢崎町の小間物屋の娘に渡されていたものと同じです。調べましたところ、市中でひそかに売られている『朔日丸《ついたちがん》』です。懐妊破の薬です」

「うむ……」

十四郎は頷いた。だが金五の顔は見なかった。いつもは、慶光寺に駆け込んで来る女たちのために泣く金五が、今日は泣かずに踏ん張っている。それを見るのが辛かった。

「そういう事だ十四郎、今日おぬしに会いたいと言ったのは、今更だが、今度の事件、俺も一役を担いたい。いや、是非に加えてくれ」

金五は膝を乗り出して言った。

「しかし……」

「敵《かたき》をとってやりたいのだ、十四郎」

「……」

「俺は華枝殿に恥ずかしい。華枝殿は女だてらに命を張った」

「分かった、好きにしろ。そのかわり俺の指図に従ってもらう。そんな精神で勝手にやられては、せっかくの調べが水の泡だ」

十四郎は念を押して三ツ屋を出た。

六

「珍しいこともあるものだな、十四郎」

楽翁《らくおう》は、畏《かしこ》まって顔を上げた十四郎を撫で回すように見て笑った。

先の老中松平定信《まつだいらさだのぶ》、今は隠居して築地《つきじ》の『浴恩園《よくおんえん》』に住まいする楽翁は、広大な庭園に今日は珍しく綺麗どころを呼び集め、かがり火を焚《た》き、管弦《かんげん》に酔っていたところであった。

昨年の二月の初め、十四郎は小名木川にかかる高橋《たかばし》の上で、刺客に襲われた楽翁を救った。楽翁はお忍びの駕籠に乗っており、十四郎はその時救った相手がどこの誰だか知らなかったが、橋屋の仕事に就いてまもなく、その人が楽翁だったと知った。この浴恩園に呼ばれ、小名木川の一件がきっかけで、橋屋に職を紹介してくれたのが楽翁だったのだと、楽翁自身から告げられたからである。

その時楽翁は、慶光寺の主・万寿院《まんじゆいん》とは浅からぬ縁があり、橋屋のお登勢の仕事も陰ながら援護していると言い、十四郎にもこころおきなく励むように言って聞かせたのである。しかも時折訪ねて参れと言われたが、その場で十四郎はそれを固辞した。

楽翁は橋屋にとって絶大なる援護者だという事は、その後、身をもって知るのだが、それまで想像すらした事のない雲の上の人と会うのは気が重かった。

今日訪ねてきたのはあれ以来のこと、十四郎は楽翁がすぐに会ってくれるかどうか不安だった。

だが、十四郎が急な用だと取次に頼むとすぐに、客間に通され、ついさきほど楽翁が扇子を襟首に差したまま、ふらふらと赤い顔をして現れたのである。

楽翁が笑うと、十四郎のところまで酒の匂いが漂ってきた。

十四郎は目を細めてこちらを見る楽翁の顔を、厳しく見返して言った。

「今度ばかりは、お願いの儀がございまして参りました」

「ふむ。どういう意味かの。まさか命が惜しくなって橋屋の仕事をやめたくなったというのではあるまいな」

「いえ。私のことはよいのですが、慶光寺と橋屋に累《るい》が及んではいけませぬゆえ、しかるべき時はよしなにお願いしたく存じまして」

「ほう……わしが碁の相手を頼んでも、風月を愛《め》でる相手を頼んでも、一度も姿を見せなかったおまえがだ、慶光寺と橋屋のために参ったと申すのか。しかしそれでは、ちと、都合が良すぎるとは思わぬか」

「まことに……」

十四郎は平伏《へいふく》した。事実そうだった。額に汗がじんわりと滲んできた。

すると、突然楽翁が吹き出した。酔いもあるのだろう、面白そうに笑った後、

「いやはや、十四郎、先だってはお登勢もそんな事を言って参ったぞ。いざという時には、慶光寺と十四郎様にお咎めのないようにお守り下さいとな」

「お登勢殿が……」

「そうだ。確か光臨院に今日探りに行ってきたとか申しておったが……はてあれ

は、もう随分になるぞ」

——そうか、お登勢はあの日ここに来て、それで帰りが遅かったのか。

十四郎がお登勢の帰りが遅いと叱った日のことを追想していると、

「十四郎、前にも申したが、何事も案ずる事なく仕事に励め。慶光寺はわしの爺《じじ》さまゆかりの寺、万寿院様は先の上様の大切なお方だったお人だ。わしの目の黒いうちは、慶光寺にも橘屋にも、誰にも指一本触れさせはせぬ。それにな、日照などというくそ坊主は、あやつはわしの調べたところでは破戒僧だ。身延山《みのぶさん》で問題を起こし、追われて江戸に出てきたのだ。どう処理しようとなんということもないのだが、ただ……」

楽翁は笑いを消した目で思案した。だがすぐにその目を十四郎に戻すと、

「できればお多摩の方や大奥に話が及ばぬ方がいいだろう。慶光寺のためにも、橘屋のためにもな……とするとだ、要するに日照がいなくなればいい話だ。そうであろう、十四郎」

「はっ」

「ふむ」

楽翁は襟首に差していた扇子をとると、片手で開いては閉じて鳴らしていたが、

最後にパチッという小気味良い音を立てると、

「十四郎、近頃、神隠しに遭う輩が多いと聞いた事がある……」

凝然として十四郎を見て言った。その目の奥に、青い鬼火が燃えるのを一瞬十四郎は見たと思った。隠居はしていても、千代田城下にはびこる不正は許さぬという強固な意志が窺えた。

「ご助言を賜《たまわ》り、ありがとうございました」

十四郎が礼を述べると、楽翁は素早く柔和《にゆうわ》な表情を見せ、

「どうだ、綺麗なおなごの顔でも拝んでいかんか」

酔顔で、にやりとした。

「しかし私は……」

十四郎が渋っていると、

「ふむ……」

楽翁は顔をしかめ、

「飲み直しだ」

すっくと立つと、足早に立ち去った。

庭の方で楽翁を迎えた女たちの嬌声《きようせい》が上がるのを耳にして、十四郎は浴恩園

を辞した。

「何……ここから船でと申されるのか」

柳橋の袂で駕籠から下ろされた日照は、思案げな顔をした。

時刻は暮の七ツ半（午後五時）、冬の日は瞬く間に落ちて、すっかり暗くなった橋の袂には石灯籠の灯が揺れている。そこに、日照が駕籠の警護に連れてきた浪人たちがたむろしていた。日照はその者たちの扱いをどうしてくれるのかという顔をした。

「実は急遽《きゅうきょ》趣向を変えまして、深川の料亭『白川《しらかわ》』に参ります前にぜひ白魚漁《しらうお》をご覧頂きたいとお登勢様が申しまして、それでここから船をご用意致しました。お供の皆様はここでご遠慮願います。帰りは、私どもが駕籠にてお送りすることになっておりますので」

橋袂の船着き場で案内するのは酒問屋伏見屋の提灯を提げた番頭役の藤七、大店を采配するお店者《たなもの》らしく、藤七は黒紋付きの羽織を着込んで腰を折る。

「白魚漁は一度見てみたいと思っていた。そちらの都合のよいようにしろ」

日照は上機嫌で言い、背後を振り向いて、待機していた警護の者たちに帰れと言った。何がなんでも今宵の管弦の招待は受けたいという気持ちが見えた。

日照にしてみれば、なにかきつねにつままれたような気分もあったに違いない。だが、一度祈禱を頼んできた美貌の女、酒問屋の内儀お登勢から誘いを受けたのである。

しかも深川では最高級の料亭の一つと噂される白川の座敷、そこでお登勢は、幕閣のさる偉い方をぜひ紹介したいとも言ってきた。欲深い日照の期待は十分満たされたようだった。

使いに立ったのは、今日この屋根船の船頭役を買って出た橘屋の若い者だったが、日照は一も二もなく返事をしたと聞いている。

将軍の愛妾《あいしょう》お多摩の方を抱き込んだ日照は、怖いもの知らずであった。今や自分を陥れる人間などいる筈がないと考えているようだった。

最も関心を寄せたのは、過日祈禱の折りに自分の思い通りにならなかったお登勢との、今後展開されるであろう男と女の交わりだった。また、お登勢の背後に見える大店の蔵の中にも興味があった。

その上に、誰かは分からぬが、この先必ず自分の立身の助けになるであろう幕閣との出会いもあると聞けば、いずれも涎《よだれ》が出そうな話であって、断る理由はひとつもなかった。日照はそう考えていたはずである。

日照は「寒いな」などと弾んだ声で言い、手をこすり合わせながら、待機していた屋根船に乗った。

船の中は周囲を障子戸で囲んでおり、中には火鉢に炭火が熾り、五徳《ごとく》の上に載せた鍋の上には、ちろりで温めた酒が湯気を上げて、日照を待っていた。

「本番は白川でございますが、寒うございます。ゆるゆるとお楽しみ下さいませ。永代橋まではすぐでございます。白魚漁は汐入りのあたりが見頃かと存じますゆえ……」

藤七は慣れた手つきで酌をした。

「美味いな、この酒……やや、金粉が浮いておる」

日照が相好《そうごう》を崩して目を瞠《みは》った。

「はい。京の店では、年始に使います特別の酒でございます。ここだけの話にしていただきたいのですが、上様にご献上の品でございます」

「ほう……なるほど。さすがは伏見屋、今宵のこの先が楽しみじゃ」

満悦の日照を乗せ、船は永代橋をくぐり抜けると、前方に佃島《つくだじま》を望んで止まった。

遠く近くに、漁師の掛け合う声が、障子の中まで聞こえてきた。

白魚漁は船にかがり火をともし、その灯の光で魚を寄せて、頃合をみて畳数枚分もあるような四手網《よつであみ》と呼ばれる網を、大凧《おおだこ》のように四角く張って、それを投じて獲《と》るのである。場所は手前の岸と佃島の間で行う漁が最も多く、しかも朝方まで夜っぴて行っていた。

天気の良い日は、見物の船が多数出る。だが、この汐入りあたりになると、そうそう見物の船は出ない。暗闇の波の上では危険が伴うからである。

今宵この船の船頭は橘屋の若い衆。不安はあったが、これがなかなかどうして名人技、船は波の上で静かに揺れた。

藤七が障子を開けると、ひんやりとした風とともに漁船のかがり火の灯が飛び込んできた。その数、優に三、四十はある。その火の色が、周りの黒い海をそこだけ茜《あかね》色に染め上げて、揺れているのが一望できた。

「ご覧下さいませ。見事でございます」

藤七が振り返って促すと、日照は太い体を船の縁にぐいっと出した。

途端、ぎゃっという叫びとともに、日照の体は飛んできた黒い物にすっぽりと覆われた。黒い物は大型の魚を漁る投網《とあみ》だった。

「な、何をする！」

日照は網の中でもがきながら闇を見た。すると、一艘の舟が網の綱を引き寄せながら黒い水の上を滑るように近づいてきた。黒い影が二つ、屋根船の提灯の灯が流れるあたり、頬被りをした十四郎と金五の姿が浮かび上がった。二人が乗っている舟は土左衛門舟、漕いでいるのは伝吉だった。

「何だおまえたちは……無礼者。わしを誰だと思っている」

日照が叫ぶより早く、金五の腰から鋭い一条の光が舞った。刹那、日照の首から血が吹き出して、ぐらりっと前のめりにくずおれると、体の重みで、網にかかったまま日照は水の中に落ちた。

土左衛門舟が一方に大きく傾いたが、十四郎と伝吉が網を引き寄せ、日照の死骸を土左衛門舟の腹に固定した。

「十四郎の旦那、それに近藤様、ありがとうございやした。これで鉄心さんも浮かばれます」

伝吉は舟の上で膝を折った。

「日照は今宵、神隠しに遭った。よいな」

十四郎が念をおす。

「十四郎様、分かっておりやす。後はあっしに任せてくだせえ。引き潮を見計らって流しやす」

「うむ。爺さん、これは俺の頼みでもあるんだが、こんな真似はこれっきりにするんだな」

「へい。ご恩は一生……」

伝吉はそこで言葉を切ると、洟《はな》を啜った。

十四郎と金五は、ひらりと屋根船に飛び移ると、ゆっくり暗闇の中に漕ぎ出した土左衛門舟を見送った。

——これで、光臨院も相模屋もただでは済むまい。だが……。

と金五の横顔を垣間見た。ずっと押し黙ったままの金五の心中が気になっていた。だが、金五の頬には、僅かだが血の色が戻っていた。向こうに揺れるかがり火のせいかと思ったが、

「十四郎、今夜は華枝殿のために飲みたい。つきあってくれるな」

遠くのかがり火を見詰めて言った金五の声には張りがあった。

その肩を、十四郎の手が、しっかりと摑んだ時、

「十四郎様、お登勢様が三ツ屋でお二人をお待ちしております。お夜食は三ツ屋

でおとり下さいと申しておりました」

藤七の明るい声が、船の舳先の方から飛んできた。

第三話　春《はる》萌《もえ》

一

「お秋《あき》、てめえ……」

男は、手に鑿《のみ》を握っていた。

うろんな目をして、胸はだらしなく開けている。おろおろする慶光寺の手代を尻目に、寺務所の戸口に踏ん張った足元もおぼつかない。

男は酔った勢いで、制する手代をふりきって、寺務所に駆け込んできたようだった。

「何するんだよ。乱暴はおよしよ、この馬鹿」

お艶《えん》は、後ろ手にお秋をかばって、男に怒鳴った。お艶は今さっきお秋の駆け込みに付き添って来た女であった。

頃は如月《きさらぎ》の声を聞いたばかりの昼下がり——朝から降っていた雨が橘屋の庭先にある遅咲きの冬椿を濡らしていたが、やがて空から柔らかい陽射しが降りそそぎ、花弁が輝き始めたその時だった。

金五から駆け込み人があったと知らされ、ちょうど居合わせた十四郎とお登勢が慶光寺の寺務所に入り、女二人から話を聞き始めたところで異変があった。

「馬鹿だと……ちくしょう、殺してやる」

男はお艶の怒声に触発されて、鑿を両手に挟んで突っ込んで来た。

「やめろ」

十四郎は素早くお艶の前に出て、男の鑿を取り上げると、思い切りその腕をねじ上げた。

「いててて……何、しやがる」

「頭を冷やせ」

「うるせえな。いいか、俺は悪くないぞ。悪いのは、亭主をないがしろにした、この女だ」

「へん、何言ってんだい。つらつら自分のやってることを考えてもみな。そんな事が言えた義理かい」

　お艶がまた怒鳴る。

「まあまあ、事情はこれからよくお聞きしますから……十四郎様」

　お登勢が助け船を出した。それで十四郎は男の腕を放したが、腕はまだねじれたままのようだった。

　男はその腕を顔をしかめて撫でながら、土間に胡坐《あぐら》をかいて、あさっての方をふんと睨んだ。

「亭主の兵吉《へいきち》だな」

　金五が男の側にしゃがんで聞いた。

「ああ……」

　兵吉はふてくされた声を出した。

「女の駆け込み寺だかなんだか知らねえが、一方的に悪く申し立てられたんじゃあ亭主の立場がねえ、そうだろ。男がすたるってもんだぜ」

「いいか。ここは女の駆け込み寺だ。おまえの話もいずれ聞くが、まず駆け込み人の言い分を聞くのが先だ」

「じゃあ、俺の話はいつ聞くんだ。俺だって言いたいことはあるんだ」

「うむ」

金五は困った顔を十四郎とお登勢に向けた。

寺務所の隅では、兵吉と金五たち三人の言動を、固唾を呑んでお艶とお秋が見詰めている。二人の顔は憎悪でひきつり、今にも目が飛び出さんばかりであった。

「それに、言っとくが、俺は別れねえ。絶対別れねえぞ」

兵吉はちらりと拗《す》ねた目を金五に送った。

「分かった分かった」

金五が面倒臭そうに相槌《あいづち》を打った。それがいけなかったのか、兵吉の感情がまた高ぶってきたようだった。

「分かってねえよ、旦那方は……俺が、どんなに腹立たしいか。可愛い可愛いと思っていた女によ、こんなことされて……俺の気持ちはどうなるんだ。俺に死ねってことなのか。だったら死ぬよ。死んでやるよ。ただし、俺は、お秋を殺して、それから死ぬ」

兵吉は叫んでいるうちに泣きだした。泣きだすと恥も外聞もなくおいおいと声を上げた。

「まったく……泣き上戸《じょうご》だぞ、これは。弱ったな」

金五が呟くと、すかさずお艶が口を出した。

「いつだってそうなんですよ。いいから、ほっぽり出して下さいな。死にたきゃあ勝手に死ねばいいんだ。そうすりゃあお秋ちゃんだって、駆け込まなくて済むんだからね。男の癖に、煩《うるさ》いよ」

「まあ待て……金五、もう兵吉も暴れたりはしないだろう。ここで待たせて、後で話を聞いてやったらどうなんだ」

十四郎は見るに見かねてそう言った。

よく見ると、兵吉は年の頃は三十半ばかと思われるやや小太りの男だが、人相は悪くない。目の色に険悪なものなど少しも宿っていなかった。目鼻の置き具合に多少頑固さはあるにはあるが、それだって下駄職人と聞いていたから、黙って座れば年季の入った職人面だ。要するにどこにでもいる亭主だった。

「おぬしがそう言うのなら、分かった。そうしよう」

金五は頷くと、手代に兵吉を見張るように言いつけて、お艶とお秋を連れ、橘屋に入った。

寺務所には白洲もあるが、これは双方の親などを差し紙で呼び出して、正式の取り調べをする時に使っている。それに白洲で話を聞くのは、お艶やお秋の体が冷えるだろうと金五は思ったようだった。

「まず、初めから話を聞きたいのだ。おまえの亭主が飛び込んできて、まだ何も聞いてはおらんからな、うん」

金五は、神妙に座すお秋に言った。

お秋の横にはお艶が座し、金五の両脇には十四郎とお登勢が座り、離れて藤七が控えていた。

お秋は化粧っけのない顔だったが、目元の涼しい瓜実顔で、ちゃんと化粧を施せば、男は放ってはおくまいと思える程の美形である。その顔をきっと上げて、お秋は言った。

「亭主の兵吉は、御覧になった通りのあの有様で、もうどうにもこうにも我慢がならなくて、それで、お艶さんに相談して駆け込んでまいりました」

「ふむ。つまり、酒癖が悪いのだな」

「お酒だけではありません」

「ほう、他にもあるのか」

「はい……」

お秋が頷くと、その後をお艶がとって訴えた。

「兵吉さんは下駄職人なんですけどね。ああ、これはさっき話しましたが、仕事が気に入らないと言っては仕事を休み、博打はする、女は買う、喧嘩はする。もう駄目も駄目、これほど駄目な亭主はおりません」

「何、博打も女も、喧嘩もか」

金五が目を丸くして驚くと、

「ええ」

お艶は力を込めて頷いた。

お艶は、神田柳原土手に古手屋《ふるてや》（古着屋）の店を張り、古手屋組合百十組千二百人のうちでも、一際繁盛している『井筒屋《いづつや》』の主であった。

若い頃から男には目もくれないで働いて金を貯め、古手物でも上方から仕入れる『下り古着』を扱って、一躍店を有名にした。おかげで今では、日本橋や芝日蔭町《しばひかげちょう》にも姉妹店を持っているばかりか、内神田の豊島町《としまちょう》には、表店裏店あわせて三百坪の土地持ち家持ちの身分である。

「ほう……女だてらに大したものだな。しかしお艶、それとお秋の話と、どういう関係があるのだ」

「お役人様、話はこれからなんですから、最後まで聞いて下さいな」

お艶は水をさした金五を睨むと、話を継いだ。

お艶は地主といっても、自身も表長屋の間口三間《けん》の店に住み、ここでは仕立直しのお針子《はりこ》を雇って仕事をさせ、その裏にくっついて建っている裏店の大家もかねていた。

「そうか、分かったぞ。お前の裏店に、お秋が住んでいるんだな。つまりお艶は、お秋の身元引受人ということだな」

「旦那、話ってもんは順番がありますから」

「分かった分かった、では先を話せ」

お艶が持つ裏店に、お秋が入ってきたのは三年前の事だった。そして、職のなかったお秋を、神田柳原土手の店にお艶は雇った。

お秋には美貌を自慢するでもなく、ひたむきに生きようとする姿勢があった。そんなお秋に、お艶は若い頃の自分を重ね、妹のように思っていた。

一方、兵吉だが、お艶の長屋にはもう随分前から住み着いており、新入りのお秋を一目見た時から兵吉は、一方的にのぼせあがり、お秋をくどき、夫婦になったというのである。

　この時兵吉は、神田鍛冶町《かじちょう》から西に入った一筋目、下駄新道《げたしんみち》の表長屋に店を張る下駄職人の親方『まる留《とめ》』の惣五郎《そうごろう》に弟子入りし、一本立ちした職人だった。

　傍《はた》から見る限り、夫唱婦随《ふしょうふずい》で働けば前途も明るい筈だったが、どうしたことか、兵吉はお秋と夫婦《めおと》になった頃から怠け者になった。

　お秋は人も認める美形である。そのお秋にお艶は店の綺麗な着物を着せ、客を呼びこんでいた。それが功を奏してか、お秋を指名して季節季節に着物を買いにくる町人や下級武士が増え、店は一層繁盛し、お秋の収入も増えていった。

　兵吉はそういった全てが気に食わないらしかった。

　仕事をほっぽりだしてはお秋の姿を見るために、店に来るようになったのである。

　特に兵吉は、綺麗な身なりをしたお秋が、余所《よそ》の男に言い寄られるのではないかという心配があったらしい。

　だからお秋は、仕事を終えるとすぐに地味ななりをして、化粧もすっかり落として帰るのだが、兵吉はそれでも焼き餅を焼いて拗ね、やがて博打に走り、酒に走り、女に喧嘩に、お秋を困らせてばかりいるのであった。

　お艶にしてみれば、二人は大事な店子《たなこ》である。なんとかしてやろうと中に入ってみたものの、どう言い聞かせても兵吉は生活を変えようとはしなかった。

昨日二人が大喧嘩をした末に、お秋が叩かれ、これではもう駄目だと、お艶が寺入りを勧めたというのであった。

「兵吉は暴力までふるうのか」

「ええ。世の中には『飲む打つ買う』を自慢にする馬鹿男がおりますが、兵吉さんはそんなもんじゃありませんよ、旦那。大家の私にしてみれば、いずれも大事なお人ですが、二人は別れたほうがお互いの幸せのためだ、そう思いましてね」

お艶はそこまでしゃべると、太い溜め息をついてみせた。

「じゃあ、お秋さん自身も、お艶さんの言う通り、心底、別れたいと思っているんですね」

じっと聞いていたお登勢が確かめるように尋ねると、お秋は、もちろんですというように頷いた。

「分かりました。お秋さんをお預かり致しましょう。ただし、寺入りできるかどうかは、これからの調べです。お秋さん自身に何か不都合があったりしたら、願いは聞き入れる訳にはいきませんから、それは承知しておいて下さい」

「ありがとうございます。それでは、よろしく……」

　お艶は艶然とほほ笑んで、帰っていった。

　お登勢がお民に言いつけて、宿の空き部屋にお秋を案内させたところへ、慶光寺の手代が顔を出した。手代は手に、兵吉の鑿を握っていた。

「近藤様、兵吉は帰りましたよ」

「何……」

「あれから、鼾《いびき》をかいて寝ていたのですが、目が覚めると、また来るってばつの悪い顔をしまして……すっかり気弱な男になっていました」

「人騒がせな奴だ……分かった、ご苦労」

「で、この鑿なんですが、よほど慌てていたものか、忘れていきました」

「それで職人かね、兵吉は……」

　金五が苦笑した。

「よし、それは俺が預かろう」

　十四郎がそう言うと、手代は、お願いしますとそこに置いた。

　鑿は、長年の兵吉の仕事ぶりを証明するように、使いこなした跡があった。鑿の柄もよく手入れしているとみえ光沢《こうたく》があり、掴むと吸いつくような感触がある。

「うむ……」

十四郎が、それをためつすがめつ握っていると、お登勢が言った。

「どうも腑に落ちません。私にはこの話、きっと裏があるように思いますよ」

二

その鬢を懐におさめ、十四郎が豊島町のお艶の持つ裏店に行ったのは、翌日の事だった。

お艶から話を聞いていたとおり、表は三間ほどの通りで、お艶の持つ地所には、瀬戸物屋、小間物屋、八百屋、酒屋などの間口二、三間の小店が軒を連ね、角地の店はお艶の住まいと古手屋になっていて、その奥に裏店があった。

木戸を入ると井戸端で、額に膏薬《こうやく》を張った女が洗濯をし、傍らで棒手振《ぼてふ》りの魚屋が桶を洗っていた。

「ちょっと、聞きたいことがあるんだが、いいかな」

十四郎が尋ねると、膏薬を張った女は洗濯の手を止めて、前掛けで手を拭きながら立ち上がった。

「いいけど、どちらさんですか」

探るような顔で聞く。

「寺宿の橘屋の者だが、兵吉夫婦のことについて尋ねたい」

ははーん……と女は頷いて、魚屋の男と頷き合った。

「いいですよ、なんでもお話ししますよ。聞いて下さい」

「そうか。事情は知っているようだから、そこは省くが、おまえたちから見て、あの夫婦はどんな具合だったんだ」

「どんな具合もこんな具合も、大家さんのお艶さんが話したと思いますが、兵吉さんはすっかり人が変わっちまいましたよ。ああなっちゃあお終いだね」

「ほう……おまえはどう見てるのだ」

にやにやしていた魚屋の男に尋ねた。男は急に真顔になって、

「へい。一度一緒に飲みにいったことがあるんですがね。酒癖が悪くて先に帰ってきちまいましたよ。兵吉の野郎は、女には絡むし、袖にされると泣きだすし」

「やっぱり泣くのか」

「始末に負えねえ」

「ふむ……」

「おいらのかかあも、この長屋じゃあ人情家で通ってる女だが、そのかかあが兵

吉さんと付き合うのはやめた方がいい、そう言うんでさ。昔はああじゃなかったんですがね。近頃は良くない連中とも付き合っているっていうし」

「どんな連中だ」

「博打仲間ですよ、旦那。そういう事情なもんだから、お秋さんがかわいそうだって皆言ってますぜ」

「この長屋の者はみんなそういう気持ちだというのか」

「当たり前じゃないか。うちの宿六《やどろく》だって酒好きでどうしようもないけども、仕事だけはちゃんとするよ。兵吉さんはそれもいい加減なんだからさ。旦那、いくら聞き回ったって同じことだよ。それよりさっさとお秋さんをお寺で預かってやっておくれよ」

「うむ……で、兵吉はいるのか。家はどれだ」

「あそこだけどさ」

女は顎でしゃくって、斜向《はす》かいの家を指したが、

「いないよ」

突き放すように言った。

「仕事か」

「うんにゃあ、まさか」

女は聞き慣れない返事をして、どこをほっつき歩いているのか、昨夜から帰ってないんだと嘲笑《あざわら》った。魚屋もつられて笑ったが、心なしか顔が引きつっているように十四郎には見えた。

大家のお艶ばかりか長屋の連中にまで嫌われて、なんとも兵吉が哀れに思えた。

世の中には周りの人間に嫌われている者はたくさんいる。だが、百人のうち九十九人までがその者を嫌っていても、たった一人でもいい、気持ちの分かってくれる人がいたら、味方になってくれる人がいたら、人はそれで救われる。

疎外感に苛《さいな》まれ、あるいは自暴自棄になり、捩《ね》じくれた者たちを救えるのは人の温かい心だろう。そういう人間こそ、ほんのちょっとした温もりのある言葉でも心魂《しんこん》に響くのではないか。

そう考えると、身から出た錆《さび》とはいえ、皆にああまで言われる兵吉が、少々気の毒になってくる。

それに、皆が皆、口を揃えて非難するのも妙な話だと、十四郎の胸にはかすかな疑念が芽生《めば》えていた。

果たして、兵吉が親方と呼ぶ神田の下駄職人まる留の惣五郎も、長屋の連中と同じように、金太郎飴《きんたろうあめ》を切ったような話しかしなかった。しかも惣五郎は、まるで十四郎が訪ねてくるのを待っていたかのように、十四郎を座敷に上げると、こう言ったのである。

「もうあいつには、愛想《あいそ》を尽かしているんですよ、旦那。見ての通り、うちには居職《いじょく》の弟子や通い職人合わせて常時五、六人が働いておりやす。兵吉は十五の時からここで七年修業しまして、その後一本立ちしてお艶さんの裏店に入りました。以後はここに通って皆の兄貴分としてあっしの右腕ともいえるところまで来ていたんでさ。ところがここにきてご存じの通りのあの有様で、あれじゃあ若いもんに示しがつきやせん。つい先日ですが、出入り禁止を申し渡しました。あんなに可愛がってやったのに、もう顔も見たくありませんや」

惣五郎は澱《よど》みなく説明した。

「じゃあここにはもう来ていないのか」

「へい」

「そうか……」

「そういう事ですので、へい……」

惣五郎はそう言うと、隣の作業場に消えた。

十四郎は、職人たちが忙しく鋸《のこぎり》を使ったり、鑿を使ったりする賑やかな音に送られて、惣五郎の店を出た。

だが、まる留の店のある下駄新道から鍛冶町に出たところで、後ろから呼び止められた。

振り返ると、惣五郎の店にいた職人で、十四郎がおとないを入れた時、惣五郎に取り次いでくれた男が追っかけてきた。

「すいません。あっしは長次郎《ちょうじろう》と申しまして、兵吉さんの弟分になる者ですが、いくらなんでもこのままじゃあ兄貴が気の毒で……」

「ほう……なんでもいい、話してくれぬか。けっして悪いようにはせぬぞ」

「親方には、どうぞご内聞《ないぶん》に」

長次郎は念を押し、十四郎が頷くのを見て物陰にひっぱると、

「親方の言っていることは、みんな嘘っぱちなんですよ」

と、言ったのである。

「嘘っぱち？」

お登勢は点検していた大福帳を閉じると、お民を呼んで、

「松の間のお客様、奈良《なら》屋平兵衛《へいべえ》さんご夫婦ですが、八幡《はちまん》様に行かれてもう随分の刻限になります。ちょっと見てきて下さいな。それからおたかさんを呼んで下さい」

と、言いつけた。すぐに仲居頭《なかいがしら》のおたかが顔を出すと、

「お夜食のあとのお茶ですが、お煎茶は宇治《うじ》のかりがねに変えてみて下さい。お年を召された方には、今までどおり焙《ほう》じ茶の方がよろしいでしょ」

「承知しました。あの、これは板長さんからなんですが、明日一日、焼き方の友《とも》七《しち》さんがお休みを頂きたいと言ってきたのでよろしくとの事でした。なんでも身内に不幸があったようでして」

「分かりました。ああ、それから、お秋さんの様子は変わりないですね」

「はい。落ち着いていらっしゃいます。そうそう、下着や着替えをお艶さんの使いの方が置いて帰りましたが、お秋さんにお渡ししてもよろしいですね」

「結構です。荷物はよく点検した上で渡して下さい。それからこちらにお茶を頼みます」

「はい」

おたかが頷いて引き上げると、お登勢は座り直して、

「ごめんなさい。で、何が嘘っぱちだと言ったのでしょう」

と、顔を十四郎に向けた。

「その、長次郎の言うのは、こうだ」

十四郎は、掻い摘まんで説明した。

長次郎の話によれば、兵吉が突然まる留に来なくなったのは、つい先日の事で、それまでは毎日、きちんと通って来ていたのだと言う。

しかも兵吉の腕は、親方職人になっても不思議はないと、まる留の品をおさめている日本橋の大店などは感心するほどの腕前で、上物《じょうもの》の下駄はほとんど兵吉が作っている。それでも兵吉は親方に義理を感じて、けっして、まる留を離れようとはしないのだった。

それが突然店に来なくなり、博打場に足を踏み入れてみたり、酒場に立ち寄ったり、もともと兵吉は下戸《げこ》で賭け事も大っ嫌いだった筈だ。おかしいのは、俄かにそういう所に出入りし出した事だ。

どんな事情があっての事か知らないが、このままこんな事を続けていたら、ほんとの博打打ちになってしまう。興味本位に覗いた博打から逃れられなくなって、人生を棒に振った人間を何人も知っている。そうならないうちに兄貴を探し出し、もう馬鹿げた事はやめさせてほしい。それをお武家さんに頼みたいのだと長次郎は言った。

「もう一つ、これは重大な話だが、長次郎など仲間の誰一人、兵吉が所帯を持っていたなんて聞いたこともない、知らなかったと言っていた」

「なるほど……」

お登勢は、じっと考えて、

「実はね、十四郎様。藤七の調べで分かった事なんですが、お秋さんには男の子がいるっていうんです」

「本当か」

「藤七には、柳原土手に店を張る井筒屋の近隣の古手屋や、店の常連を当たって貰いました。するとですね。五、六歳の男の子が、時折遊びに来てたと言うんです。すぐ隣の店の売り子の女の子も、お秋さんがこの子が私の息子だと言って、嬉しそうに話してくれたと言っていたようですから、間違いないと思いますよ」

「そうか……」

「これは私の勘ですが、皆で芝居をうってるんじゃないかと思っています」

「芝居を……」

「ええ」

「しかし何のためだ。お上の御用をあずかる橋屋を欺いてまでの芝居となると、お秋をどうしても寺入りさせねばならぬ切迫した事情があるという事か」

「たぶん……」

「よし、分かった。調べてみよう」

十四郎がそう言った時、

「明日は私もご一緒します」

廊下に藤七の声がした。藤七はお登勢のかわりに三ツ屋に顔を出し、今帰ってきたところだと言った。

三

「十四郎様、あの店です。銚子ひとつで、昼過ぎからへたりこんでいるようです」

両国橋の東、竪川にかかる一《ひと》ツ目之橋《めのはし》の袂にある縄暖簾の店から出てきた藤七が、外で待っていた十四郎に告げた。刻限は暮六ツ（午後六時）、店はちょうど職人や浪人で混みはじめたところであった。

「うむ」

十四郎は頷くと店に向かった。

昨日から、藤七と二人、神田界隈から両国へと兵吉を捜し回り、今ようやくその居場所を突きとめたのである。

暖簾をくぐると、安酒の臭いがむっと鼻をついた。

「あそこです」

藤七が目顔で店の奥を指した。

兵吉は、奥の方にある樽椅子に後からやってきた者たちに押し込まれるような形で座り、一人ぽつねんと飲んでいた。飲んでいたというより、なめていたのだろうが、体のほうはすっかり出来上がっていた。

十四郎と藤七は、人を掻き分けるようにして、兵吉の飯台《はんだい》に近づいた。

すると、ちょうど兵吉が腰掛けた飯台に座っていた手前の職人風の男たちが立って出たので、十四郎と藤七は難なく兵吉の側に座った。

兵吉は二人に全く気づかないようだった。だが、十四郎が鑿を出して兵吉の前に置くと、はっとして顔を上げた。

「飲めない酒をなぜ飲むんだ」

「知るもんか……」

兵吉は、これみよがしに、きゅっと盃を空けた。更に銚子に手を伸ばす。その手首を十四郎はぐいと摑み、

「やめろ。長次郎も心配していたぞ。どうだ、どうしてお前がこんなことをしているのか、話してみないか。力になるぞ」

「ほっといてくれ……」

兵吉は叫ぶように言い、鑿を懐におさめると、脱兎のごとく飛び出した。

「待て……」

十四郎と藤七は後を追った。

店を出て、左右の人の流れを確かめた。

——見失ったか……。

一瞬思ったが、その時、一ツ目之橋の下で悲鳴が上がった。兵吉の声だとすぐに分かった。

「藤七！」

十四郎が駆けつけると、兵吉は二人のならず者に滅多打ちにされていた。

「てめえが花屋敷のお秋の亭主だと……そんな筈があるもんか。お秋はどこにいる。出せ、出しやがれ」

男たちは、突っ伏してぐったりした兵吉の襟を摑んで引き起こし、その耳元に嚙み付くように毒づいた後、兵吉の腹を蹴り上げた。

刹那、蹴った男が橋げたの柱にぶっ飛ばされた。十四郎だった。

「何しやがる！」

もう一人が、十四郎に叫ぶと同時に、蹲《うずくま》っている男を抱き起こした。

「お前たちは何者だ。なぜ兵吉を襲った」

「うるせえ、邪魔しやがって、覚えてろ」

ならず者二人は、転げるように逃げていった。

「尾《つ》けてみます」

藤七が後を追った。

十四郎は土手に上って駕籠を呼び、

「豊島町の裏店までやってくれ」

兵吉を駕籠の中に押し込んだ。

「兵吉は肋骨《あばらぼね》が折れていたぞ。医者はしばらく動けぬという」

十四郎はお登勢と、いま橘屋に顔を出した金五に告げた。

「それで……兵吉さんは何かしゃべってくれましたか」

「貝のように口をつぐんで何も言わぬ。長屋の連中もそうだ。兵吉の看護はしてくれるらしいが、知らぬ存ぜぬという訳だ。揃いも揃って口が固い」

「困りましたね……私もお秋さんに、子供さんのことやら、いろいろ尋ねてみたんですが、駄目でした」

お登勢も、ほとほとあきれ果てたようだった。

すると、二人の話を黙って聞いていた金五が言った。

「十四郎、そのならず者だが、お秋のことを『花屋敷のお秋』とか言っておったのだな」

「そうだ」

「そうか……」

金五は何かを思い出したのか、

「ちょっと待て、ひょっとして……すぐ戻る。それまで待て」

と言って、すっくと立った。

「どこへ行く」

「寺務所だ。すぐに戻る」

金五はそう言うと出ていった。そしてすぐに戻ったその時には、一枚の錦絵を持っていた。

「十四郎、お登勢、これを見てくれ」

金五が差し出した錦絵には、立ち姿の美人が描かれていた。

それは、白い素足に赤い鼻緒《はなお》の黒塗りの高下駄を履いた女が、ふっと振り返った美人絵だった。背景には紅梅の枝が流れており、梅花と美人が美を競うといった構図になっていた。

思わず引き込まれて見とれていると、

「似ていると思わないか？」

金五が聞いた。

「お秋か……」

何気なく尋ねるように返事をすると、

「そうだ。お秋だ」

金五はにやりとした。

「どういう事だ」

「これは今から八年前の、花屋敷の水茶屋にいた看板娘の錦絵だ。名をお秋といった」

「花屋敷というと、向島寺島村《むこうじま》の、あの新梅屋敷のことか」

「そうだ。寛政《かんせい》の初めに亀戸《かめいど》の梅屋敷に対抗して出来た梅の名所だ。いや花の名所といってもいい。花屋敷は梅だけでなく、四季おりおりの花が咲く。お秋はそこで働いていた。堅物のおまえは知らなかったろうが、当時お秋は大変な評判だった。男どもは一度はお秋をこの目で見たいと思ったものだ」

「おぬしも行ったのか」

「この錦絵を買った後、しばらくしてから行ってみた。だがもうその時には、お秋は店を辞めていたんだ。俺はお秋が駆け込んで来た時から、どこかで会ったような気がしていたが、さっきのならず者の話で、やっぱりと思ったんだ」

「しかし、そんな話は初めて聞いたぞ。お秋にしてもだ、昔そんな華やかな時代があったのなら、自慢する筈じゃないのか。錦絵になるなんて滅多にある話じゃないからな」

「十四郎様、それも隠さなきゃならないって事じゃないかしら。いえ、もしかして、今度の事件はそこに起因するなにかがあるって事かもしれません」

お登勢は自身の考えに頷いて、納得したという顔をした。

と、そこへ、藤七が帰って来た。

「遅くなりました。いやはや、今度も大変なところへ踏み込んだようでございます」

藤七は皆の前に座ると、

「十四郎様、あの男たちですが、後を尾けましたところ、今戸の河岸にある廃屋に入りました。あの辺りの河岸には、一帯で焼いた瓦を運ぶために舟が相当数繋いでありますが、その舟を盗難から守る番小屋がありまして、小屋といっても小さな一軒家ですが、先年洪水になってからは誰も住んでおりません。そこに奴らは住んでいるようです」

「仲間はいるのか」

「あの男たちの他には、浪人が二人……いずれも三十半ばかと思える面構えでした」

「ほう……」

「あたりの住民に聞きましたところ、どうやら旗本くずれの男だという事でした。

それに子供が一人」

「子供」

「はい。夕暮れ時でよくは確かめられなかったのですが、男の子です。泣きながら小屋から出てきまして、あのならず者の一人がついて出てきたんですが、川岸に立って小水をしたんです。それで、男の子だと分かりました」

「まさか、お秋さんのお子ではないでしょうね」

お登勢が言うと、金五が、

「待て待て、それじゃあ何か、兵吉を襲った奴らの方にお秋の子供がいるというのか……どういう事だ。お登勢、ややこしい話をするな」

「近藤様」

お登勢は睨んだ。睨んだが口元は苦笑していた。

金五は抱えた頭を持ち上げて、

「しかし、思わぬか……十四郎が橘屋に来てからというもの、素直な事件が一つでもあるか」

「おいおい、俺は、疫病神《やくびょうがみ》か」

「怒るな。近頃はそういう駆け込みが多すぎる。困ったことだと言っているのだ」

「近藤様、そのために橋屋はあるのでございます。まあ、十四郎様あってのことですが……」

お登勢はほほ笑んで言い、

「お秋さんの昔、調べてみた方がよさそうですね」

きっと十四郎を見た。

四

「お待たせ致しました。お秋ちゃんの何を知りたいとおっしゃるんでございましょう」

花屋敷の中にある小料理屋『梅花亭《ばいか》』の座敷に現れた角二《かくじ》は、実直そうな老人だった。

きちんと膝を揃えて、十四郎と藤七の前に座すと、神妙な顔を向けた。

「書き入れどきに、すまんな。しかし見事な梅園だな」

十四郎は小料理屋の前にひろがる梅林を見て言った。

花屋敷の梅は今が見頃の八分咲き、梅林を縫う小道には、絶妙な間隔でぼんぼりが立っており、夕闇が迫るとそれに一斉に灯がともり、梅花の一輪一輪が浮かびあがる仕組みになっている。

今は昼過ぎ、夜の梅園は想像するしかないのだが、仄かに漂ってくる梅の香に誘われて、夜の観覧はさぞかしと思われた。

角二は十四郎が顔を戻すと、

「店は息子夫婦に預けておりますので大丈夫でございます。もうあっしの出る幕ではござんせん」

と、頭を掻いた。

角二は、以前錦絵の女お秋が勤めていた、花屋敷内の水茶屋『花月《かげつ》』の主である。花月近くの庭園の腰掛けで話を聞いてもよかったのだが、小料理屋の方が落ち着いて、こみ入った話も聞きやすいと十四郎が呼び出した。

角二は最初、突然、店で昔働いていたお秋の話を聞きたいと言った二人に警戒心を持ったようだ。だが手短に、お秋が今、慶光寺に駆け込んでいる事情を説明すると、一も二もなく頷いた。角二自身もよほどお秋の事を気にかけている風だった。

「実はな、とっつあん。俺たちがおまえさんに聞きたいのは、ここにいた頃のお秋の事だ。身内はいたのか。店を何故辞めたのか。その後のお秋を知っているのか。まあ、そういう事だ。先に断っておくが橘屋は女たちを救うための寺宿だ。どんな話を聞いても悪いようにはせぬ。約束するぞ」

「よろしくお願い致します。あっしとお秋ちゃんとは、親とも思い、娘とも思っていた仲でございます。困っているお秋ちゃんを助けていただけるというのでしたら、へい、なんでもお話しいたします」

角二は頷くと、十四郎をじっと見た。角二の頭の中に、お秋との昔が、ひとつひとつ、はっきりと想起されてきたようだった。

それは今から十年前、角二は水茶屋『花月』の看板娘としてお秋を雇った。当時お秋は十七歳。まだ固い蕾《つぼみ》のような可愛らしい娘だった。

隅田川沿いには季節季節の看花の場所が点在しており、各処では水茶屋に看板娘を置いて競い、看花の客を呼び込んでいた。看板娘の人気がそのまま、押し寄せる人の波を左右したのだ。

お秋を雇ったのは、当然そういう狙いがあっての事だった。ただ、固い蕾がどう開くのか、それは年月を経てみなければ分からない事だった。

だが、お秋は角二の期待を裏切らなかった。もともと目鼻立ちの整った娘だっただけに、年々美貌に磨きがかかり、立っているだけでも絵になるような、笑顔の眩《まぶ》しい娘になった。

梅園が売り——という意味では、先から有名だった本所の亀戸の梅屋敷があり、そこにはお伝《でん》という看板娘がいたのだが、お秋の評判はお伝よりはるかに高く、若い武家や町人の若い衆が、押すな押すなの見物客で「花みる梅みる、お秋みる」などとうたわれるほど押し寄せた。

花屋敷は梅が主役の庭園だが、他にも季節季節の花が咲き乱れるという江戸でも稀なる花見の場所。それもあってか、寒風吹きすさぶ冬を除いて、花見にかこつけてお秋を見にくる人の絶えることはない。

「その評判を聞きつけて、歌川豊国《うたがわとよくに》先生がお秋ちゃんを美人絵にしたのでございますよ」

角二はそこで一息ついた。

仲居が出してくれた梅茶はもうとっくに冷めていたが、角二はそれを喉に流して、

「その頃でしたな。お秋ちゃんの様子がおかしくなったのは」

暗い顔を上げた。

「ほう……男か」

「へい。で、あっしが聞き質しましたところ、その男はお旗本の向井達之進とかいう男でした」

「向井達之進……」

「無役のならず者でしてな……あっしが気づいた時には、向井というお方は、お秋ちゃんにたびたび無心をするようになっていたのでございますよ」

「……」

「あっしは、すぐにお秋ちゃんに言いました。あんなお方とは縁を切ったほうがいいってね」

「だが、お秋は諦めなかったのだな」

「へい。相手はお武家とはいえ、ごろつきです。あっしが人を介して調べましたところ、吉原の女のことでも大騒動を起こしていやした。支払いを踏み倒し、あげくに女を足抜けさせようとしたらしいですな。どうやらその後でお秋ちゃんに目をつけたようでして、どう考えても先が見えておりやした。ところがまもなくでした。向井様は甲府勤番《こうふきんばん》を申し渡されたのでございます。それも、様々な不《ふ》行跡《ぎょうせき》がばれての勝手小普請《かってこぶしん》として送られるということでした。これでお秋ちゃんは助かった、そう思ったのですが……」

「そうか……お秋は、その達之進とかいう男と一緒に……」

「へい。甲府に行ったのです。それが、ここを辞めた理由でございます」

追懐するうちに、角二の怒りはおさまらなくなったようだ。その怒りを、胸にしまってきた憤りを、いま角二は訴えている。

「お秋に意見する者はいなかったのか」

「あの子の両親は早くに亡くなっていると聞いていました。妹が一人いた筈なんですが、お秋ちゃんもここを逃げるようにして辞めていきましたので、あっしも妹を訪ねることはしておりません」

「じゃあ、その後のお秋については、知らないのだな」

「へい……気にはなっておりましたが。ところが旦那の話では、この江戸にいて、しかも下駄職人と夫婦になって、また不幸を背負っている。よくよくあの子は不運な星の下に生まれたものかと……」

角二は洟を手の甲で拭い、きっと十四郎を見詰めて言った。

「塙様、どうぞ、お秋ちゃんを救ってやって下さいまし」

骨と皮ばかりの腰を折った。

角二から聞いた妹は、堀江町《ほりえちょう》一丁目の裏店で、出職《でしょく》の大工宇之吉《うのきち》と所帯を持って暮らしていた。お春《はる》といった。

十四郎がお春の住む裏店を訪ねた時、お春はお艶の店の古着の仕立て直しの仕事をしていたようで、縫い掛けの小袖を横にやり、十四郎と藤七を中に入れた。

お春は小太りした、団子鼻の女であった。色の白いところだけは姉のお秋と似ていたが、顔の造作《ぞうさく》は姉とは似ても似つかぬ相をしていた。ただ、心の優しさがそのまま顔に表れていて、亭主はさぞかし幸せだろうと、そんな風に感じられる女であった。

十四郎が橘屋の者だと名乗ると、一瞬身を硬くしたようだったが、すぐに笑みを浮かべて「お世話になります」と頭を下げた。

だが、お秋の昔を知りたいと言った途端、お春の表情は一変した。十四郎を見詰めた目には怯えがあった。

——やはり、何かある。

十四郎は直感した。

「あんたの事は、角二とっつあんから聞いて来た。お秋についてはなんでも、俺たちを信用して話してくれねば、何の解決にもならぬぞ、分かるな」

十四郎はやんわりと切り出した。

「ところで、お秋だが、花屋敷を辞めて向井達之進と甲府に行ったそうだが、いつ帰ってきたんだ……達之進と夫婦になっていたんだろ」

お春の顔を覗くようにして聞いた。

お春は十四郎の視線を避けて、俯いたまま、膝の上で両手を握り締めている。頑として口は割るまいという気配であった。

「お春、今お前は、お世話になりますと言ったじゃないか」

「……」

「そうか……なんにも話せないか」

お春は瞬きをした。だが体は微動だにしない。

「お春さん、お秋さんにはお子がいるんじゃないのかね」

藤七も口を添えるが、黙っている。

「よし。そういう事なら仕方がないな、藤七帰ろう。帰ったら橘屋からお秋を追い出せ」

「致し方ありませんな」

二人が諦め顔で言い、立った。すると、

「お待ち下さいませ。姉さんを助けてやって下さいませ。今追い出されたら、姉さんは罪人になってしまいます。悪人の仲間にされてしまいます」

お春は縋るように叫んでいた。

十四郎は、浮かせた腰を再び下ろし、

「罪人になるとは、どういう事だ」

「向井達之進は、姉さんを使って美人局《つつもたせ》をやっていたのでございます。それに気づいた姉さんは、きっぱりと断りました。そしたら、小太郎《こたろう》を人質にとったのです」

「小太郎とはお秋の子のことか」

「姉さんの一粒種でございます。あたしが預かって育てていたんですが、十日ほど前、達之進が無理やり連れていきました。姉さんは、悪に手を染めたくなかったら姿を隠すほか方法がない。そう思い詰めましてお艶さんに相談し、慶光寺に駆け込んだのでございます。お許し下さいませ」

お春は泣き崩れた。

五

「勝手小普請として甲府に行った達之進が、なぜ江戸にいる」

いっとき人の動きの絶えた橘屋の帳場の裏に、十四郎の声が響いた。

「不行跡の上の島流し。甲府では監視もつき、外出《そとで》さえも制限されていた筈ではないのか。そんな男が江戸にいるとはどういう事だ。しかもだ、お秋。おまえが達之進と夫婦になっていたというのなら、おまえも勝手に江戸に舞い戻れる筈はないではないか。兵吉と夫婦というのは嘘だな」

お秋は身動《みじろ》ぎもせず、凍り付いたような表情で聞いている。

お登勢も藤七も、しばらく火鉢の上でたぎるやかんの湯気の音を聞きながらお秋の言葉を待っていたが、

「お秋さん」

まもなくお登勢は促した。だがお秋は、一点を見据えたまま、まるで能《のう》面の小《こ》面《おもて》のような顔をして黙している。

――強情な女だ、この女は……。

さすがの十四郎も憮然とした。太い溜め息をついたその時、突然、台所の方からお民と万吉のふざけ合う声が聞こえてきた。

お民が、万吉の何か大事にしているものを取り上げたのか、万吉が、

「返せ……お民ねえちゃん、返せよ……おいらの物だ」

と叫んで、お民を追っかけまわしているようだった。台所の板床を踏み鳴らし、足をもつれさせて小走りする音が聞こえてくる。

「駄目駄目、その手についた泥をちゃんと洗いなさい。そしたら返してあげるから。じゃないと約束破りだぞ。おかみさんに言いつけてもいいのかな」

お民は姉のように言い聞かせていた。

つい、聞くとはなしに聞いていると、次の瞬間、万吉の啜り泣く声が聞こえてきた。

「しょうがないわね、ほら……いい……今度からちゃんと言う事を聞くのよ、いいね」

「うん……」

万吉の、か細く甘えた声が聞こえて、台所の方はまた静かになった。

お民は三年前から橘屋に奉公にきている娘で十八歳。万吉は浅草寺に捨てられ

ていたのをお登勢が連れてきて、走り使いをさせている小僧でまだ十歳、声も体もねんねの年だ。

お登勢は、いずれの奉公人にも手厚い心配りを見せていたが、このお民と万吉には特別心を掛けている。

特に万吉については、つい先頃お登勢から、哀しい身の上を聞いたばかりで、台所から聞こえてきた二人のほほ笑ましいやりとりは、一瞬だが緊張した部屋の空気を和《やわ》らげた。

すると、不意にお秋が顔を上げた。目に涙が膨れ上がって、今にもこぼれ落ちそうである。

――そうか、お秋は小太郎を思い出して……。

そう察した瞬間、十四郎の胸は痛んだ。厳しく問い質していた気持ちが揺らぐのが分かった。しかしすぐにその気持ちを立て直し、お秋を見た。

果たしてお秋は、

「なにもかも、お話しします」

長い緊張から覚めたように、十四郎たちの前に手をついた。

お秋の話によれば八年前、豊国に姿絵を描いてもらってまもなく、達之進は甲府勤番を申し渡され、お秋に一緒に行ってくれと泣き付いてきた。

通常、甲府勤番と恐れられてはいても、支配役の高級旗本は勤務四、五年で配置換えになり、江戸にも戻れるし、どこかに栄転する場合だってある。

ところが支配下に入る勤番士は、甲府に骨を埋める覚悟で旅立った。ましてや、達之進にいたっては、半ば罪人扱いの勝手小普請。甲府に行ったところで無役のまま、つまりは江戸から三十六里の山岳地帯に山流しになるようなものだった。

達之進の家の禄は二百石、常より台所は大赤字で、町場の者を脅したり騙したりしながら、糊口を凌いでいたのである。

甲府行きの撤回を上役に働きかけて免除嘆願をする金さえない貧乏旗本、道は一つしかなかった。

そこで達之進は、花屋敷で人気をとって、実入りもいいお秋を誘った。甲府勤番を命じられれば、七日の間に出立《しゅったつ》しなければならず、決まりを破れば罪人となる。

達之進は朝な夕な、花屋敷に通うお秋を待ち伏せし、

「おまえを妻にする。許可ももらった。片田舎の生活となるが、おまえの一生を俺に預けてくれないか」

悲壮な顔でそう言った。

迷っていたお秋の心は、それで決まった。

実際、勤番を言い渡された直後の達之進は神妙で、お秋は打ちひしがれている目の前の男を見て、胸を打たれていたのである。

お秋が承諾の返事をすると、達之進は、どこでどう話をつけてきたのか、慌ただしくお秋をさる下級旗本の養女にしたて上げ、二人は晴れて夫婦となっての旅だった。

ところが甲府に着いてみると、外出さえも常に管理されている窮屈な日常に、達之進の我慢の糸が切れた。三月もたたぬうちに、達之進は目付《めつけ》の目を逃れ、闇夜に紛れて城下の柳町《やなぎまち》の飲み屋や女郎宿に出没するようになっていた。

いくらお秋が頼んでも、達之進は言う事を聞かなかった。そればかりか、お秋が持参した金も、瞬く間に使い果たし、お秋に働けと言ったのである。

貧しくても睦まじい生活を支えるためなら、お秋だってどんな苦労もいとわない。しかし、自分が働いたその金が、酒や女に消えるのならば話は別だ。

お秋が働きに出ることを拒むと、達之進は今度は博打場に通うようになったのである。同時に、夫婦の争いは絶え間のない状態となっていった。

そんなある日、達之進は博打のかたに、お秋を差し出そうとしたのであった。

「おまえを今日限り、離縁する」

達之進は離縁状までこしらえていた。達之進は既に柳町の娼婦といい仲になっていた。持参の金もなくなったお秋になど、もう用はなかったのだ。

辛抱もここまで……と悟ったお秋は、達之進の留守を見計らい、甲府を出府、江戸に舞い戻り、妹のお春の家に転がり込んだ。

その時、お秋の腹には子が宿っていた。

行く当てもなく、仕事もないお秋の出産は、さぞ心細かったに違いない。だが、妹夫婦の心配をよそに、お秋は気丈《きじよう》にも子供を生んだ。それが、一粒種の小太郎である。

小太郎を出産した後のお秋の行動は目覚ましかった。

乳のみ子を腕に抱いて奔走し、親子一緒に住める奉公先を探して回った。しかし、お秋の気負いはやがて失望に変わっていった。容易に職は見つからなかったのである。

そこでお秋は、お春夫婦の助言もあって、生活が落ち着くまで小太郎をお春に託し、お艶の裏店に入り、お艶の店に勤め始めたのであった。

月のうちに一度か二度、お春は姉の心を思いやって、柳原土手の店に小太郎を連れて会いに来た。

会う度に、見る度に、なにも知らず、すくすくと育つ小太郎を見て、お秋は思った。

——働いて働いて、一刻も早く小太郎を迎えに行きたい。

それがお秋の夢だった。

ようやく生活の目途《めど》もたち、小太郎を引き取ろうとしたその時、お秋は偶然両国広小路で、達之進とばったり会った。

お秋は、人違いかと目を疑った。だが、痩せ型の、色の白い、神経質そうなその顔は、紛れもなく達之進だった。一瞬踵を返して引き返そうとしたお秋の前に、達之進はにやにやしながら立ち塞がった。

そして、お秋がささやかながらも、金に困った生活はしていないと知ると、泣き言を言ったのである。

達之進は、あれからまもなく二百石の禄も取り上げられて、甲府のさらに奥地の、御嶽昇仙峡《みたけしょうせんきょう》のその奥の、黒平《くろべら》という山奥に、わずか二人扶持のあてがい扶持で、本当の山流しになったのだと言った。

達之進がそんな山奥でひと月たりとも過ごせる筈がない。

黒平に到着してまもなく、同じように山流しになった男と甲府を出奔《しゅっぽん》、江戸に舞い戻ったというのであった。

「俺が悪かった、謝る。あの人はそう言って私の手をとりました。そして、江戸に帰ってきてから世話になっている人がいる。その人は昔のおまえに夢中だったという話だ。一度会ってやってくれないか。会うだけでいいんだ。それで俺も少しは義理が返せるというものだ……そう言ったのです」

お秋は哀しげな目を伏せた。

今思えば、達之進はこの時、すでにお秋の勤め先を摑んでいたに違いない。摑んでいて偶然出会ったようなふりをしたのだ。

憎んでいたとはいえ元夫、達之進に手を摑まれた時、お秋の体に忘れていた達之進の肌の温もりが蘇った。紛れもなく小太郎の父親の血の温もり。お秋の胸に熱いものが突然走り、もう一度だけ信じてやろうという気持ちが起きた。

「あんな言葉を、真に受けた私が馬鹿だったのです」

お秋はそこまで話して、大きく息を吸った。激しくなった鼓動を整えたようだった。

昔を思い出して話せば話すほど、怒りや哀しみに襲われてくるのか、静かな語り口とは裏腹に、声は次第にうわずって震えていった。

「そうか……そういう事情で美人局をやらされたのか」

「はい」

「カモにした相手は誰だ」

「日本橋の小間物屋『亀屋《かめや》』の鶴蔵《つるぞう》さんです」

「いくら達之進はぶん捕ったんだ」

「五十両です」

「五十両……他にもカモにした男はいるのか」

「お金を要求したかどうか分かりませんが、小料理屋で会った人は他にもいます」

「ふむ。で、おまえは達之進の魂胆が分かって断ったんだな。そしたら、小太郎が人質にとられたという訳だ」

「ええ……あの人は、仕事は今度で終わりにする。五十両の金をいまさらふいにはできないと言いました……その金をおまえが出すのなら話は別だと、そう言ったのです、あの人……」

「お秋さん……お秋さんの前でなんですが、達之進という人は、よくよくの悪人ですね、どうしようもない人ですよ」

お登勢も怒りを抑えきれないようだった。

「だって、人質にとった小太郎ちゃんは、自分のお子じゃありませんか」

「あの人は知らないんです。それに、あんな男が父親だなんて、小太郎がかわいそうすぎます。口が裂けても言えません」

「しかしお秋さん。真実を明かせば、小太郎さんの命をとることはないでしょう」

藤七が側から言った。すると、お秋は、

「もし、小太郎が命をとられるような事があったら、私も生きてはいません。死にます」

きっぱりと言った。

六

「つまりだ。おまえたちは、長屋の連中やまる留の親方まで巻き込んで芝居を打ったという訳だ」

　十四郎は、柳原の土手で川風に当たりながら、厳しい目をお艶に向けた。

「お陰で、亭主役の兵吉に至っては、大怪我を負っている。いや、俺たちが駆け付けなかったら、兵吉は殺されていたかもしれんのだ。気持ちは分かるが、やりすぎだぞ」

「すみません、旦那。正直言ってこんなに早くばれてしまうなんて、重々、怠りのないように伝えていたんですが……」

「馬鹿。それがいかんと言っているのだ」

「この通りです、謝ります。そんなに怒らないで下さいな。ほら、人が見て笑っているじゃありませんか」

　お艶は土手に枯れたまま靡いていたすすきを引きちぎって、胸の前でくるくる回して聞いていたが、逃げ切れないと思ったのか、すすきを持った手を合わせて、鼻声を出した。

　神田川の土手に植えられた柳の並木は、まだ堅い殻《から》をつけたまま長い枝を川風に揺らしていたが、土手の草木は柔らかい芽が吹き出して、春の到来を告げていた。

今さっき、お艶が引きちぎった枯れすすきも、根元には無数の緑が萌《も》えている。草も木も、人も虫も、心躍る春景の昼下がり。

そんな場所で、男と女が難しい顔をして立っている。柳原河岸《やなぎわら》に着けた舟から、商品を荷揚げする人足が、時折ちらっと目をくれた。訝《いぶか》しく思っているに違いなかった。

十四郎は初め、お艶の店の奥で話をするつもりだった。ところがお艶の店を訪ねてみると、間口二間ばかりの店の前には人だかりができていて、お艶は猫の手も借りたいといった状況で、店のどこにも腰を落ち着ける場所などなかった。

よく見ると、井筒屋の看板は隣と、その隣の小屋掛けにも掛かっており、それらもお艶の店らしかった。衣紋《えもん》掛けに掛かっている商品は、紋付きの羽織袴、浅黄《あさぎ》の裃《かみしも》から、女物なら振袖に打掛、木綿《もめん》の単衣《ひとえ》まで揃えてあり、下着は股引や二布《ふたの》まであった。店の一角には袋物も置いてあり、繁盛するのも頷けた。

客の層もさまざまで、武家から貧しい町人まで色とりどり、その者たちが古手物を物色しながらお艶に助言を求めるのである。

十四郎も、あれやこれやに目を遣りながら、お艶の手のあくのを待っていたが、

――埒《らち》があかぬな。

思案しているとお艶が頭を下げて寄ってきた。土手に誘ったのは、お艶であった。

——何が、人が見て笑っているだ。

十四郎は憮然として腕を組んだ。

「とにかく、お登勢殿はああいうお人だ。お秋を叩き出してもいいところを、まだ匿っておるのだぞ」

「本当に、お登勢様には恩に着ます。いえね、兵吉さんの所にも、毎日誰かをお見舞いによこして下すっているようで、申し訳なく思っていました。ですから、私、覚悟はしていたんです。もしばれたら私が責任を負うって……。狂言を仕込んで、駆け込みを勧めたのは私なんですから」

「そこまで反省しているのならよろしい。橘屋もいったん引き受けたからには、途中で投げ出したりはせぬ。そのかわりだ。何でも正直に話す、協力はすると約束してくれねば困る」

「分かりました。ええ、私の命にかえても約束します。ですから、どうぞお秋ちゃんと小太郎ちゃんを、救ってやって下さいませ」

お艶は、神妙に腰を折った。

と、そこへ、

「十四郎……」

金五が土手を走ってきた。

「金五、どうした」

「どうもこうも、俺もお艶に一言言っておきたくて店に来たんだ。そしたら、たった今だが、いきなり匕首を抜いた男が二人、お艶を出せと脅してきたんだ。お艶がお秋をどこかへやった事は奴らにはばれているようだ。俺が居合わせたものだからよかったものの、客は悲鳴を上げるし商品は散らばるし大変だったぞ。お艶、おまえはすぐ店に戻れ」

金五は興奮した顔でお艶に言った。自身が今撃退してきた手並みの誇らしさが、高揚《こうよう》した顔色に窺えた。

「十四郎、あいつらは逃げていく時、こう言ったぞ。お秋に伝えろ。言うことを聞かなかったら、小太郎を殺すとな」

「愚かな……」

「お登勢に聞いたが、達之進は小太郎をわが子だとは知らないらしいな」

「誰の子であろうと子供を人質にとり、しかも殺すなどと、俺が許さぬ。金五、来てくれ」

十四郎は勢いよく踏み出した。

「どこに行くんだ」

追っかけてきた金五が、横に並びながら聞いた。

「知れたことだ。今戸の、奴らの隠れ屋に乗り込むのだ」

「もうおらぬぞ、今戸には」

「何」

足を止めて金五を見た。

「今朝のことだが、藤七が探りにいったら、もぬけの殻だったと言っておった。橘屋の若い衆と今探索している」

そうか……事態はいっそう難しくなったということか。敵もさるもの、お艶の所へ乗り込んできた事を考え合わせても、こちらの動きは読まれているらしい。

「それと、十四郎。一つおぬしに伝えておかなければならぬ事がある」

「なんだ」

「達之進の剣だ。かつての小普請組の組頭で、達之進の上役だった人に聞いたのだが、奴は新田村《しんたむら》流の居合術を極めた男だというぞ」

「新田村流といえば……」

「道場は神田小川町《おがわまち》にあった。あったというのは、三年前、後継者が絶えて今は別の流派の道場になっている。それだって、達之進が絡んでいたらしい」

「どういう事だ」

「うむ」

向井達之進は、幼少の頃からこの道場に通っており、天性の資質もあってか、めきめき腕を上げ、十八歳の頃には早くも高弟を打ち負かすようになっていた。

達之進の家は家禄二百石の貧乏旗本、しかもこの旗本株は、商人の父親が武家に憧れ手に入れたもので、当初から無役であった。

太平の世の中である。株を買ったからといって、よほど傑出した働きでもなければ世に出る事は難しい。

父の代には、それでも蓄えていた金もあり、無役ではあったが、まあ豊かな暮らしはできた。だが武士としての出世を望めば、金を積むにも半端《はんぱ》な額では役は買えぬ。そこで目をつけたのが剣術だった。

書物もそろばんも嫌いだった達之進は、剣に賭けた。

ところが、せっかくの剣術も、出世には何の役にも立たなかった。世の中は金次第、田沼《たぬま》時代以上に、知縁金縁がものを言う時代になっていた。

　ならばせめて道場主にでもなれぬものかと、最後の望みをかけてみたが、しかしこれも、師匠の黒田一学《くろだいちがく》に認められず、鬱々《うつうつ》と暮らしていたが、ある日それが爆発した。

　達之進は禁止されていた道場内の決闘を、一学の後継者と決まった兄弟子を摑まえて申し込み、散々に打ち据えたのである。

　ところがこれが原因で破門となり、全ての道を閉ざされた達之進は花屋敷の角二が言っていたような、放蕩無頼《ほうとうぶらい》の生活を続けていたのだという。

　黒田一学の道場が閉鎖に追い込まれたのも、一学の後継者が、この時の怪我が元で亡くなった事にある。

　冷酷で激しやすい達之進の性格は、そのころから組の中でも密かに噂されていた。加えて日常の行状の悪さもあった。甲府行きを命じられるのが遅かったのも、組頭がそういった達之進の冷血非情で凶暴な性格を持つ剣を恐れていたからだといわれている。

　この状況は甲府でも同じであった。目付の監査の結果を上役は知らされていたにもかかわらず、お秋が甲府を出府するまで、更に奥地への転勤を命じなかったのも、達之進の性格と凶剣による。

「そういう男だ。よほど慎重にかからねば、返り討ちに遭う」

金五の顔に、恐怖が走り抜けるのを十四郎は見た。

新田村流居合術とは、田村流剣法の流れを汲むもので、従来の剣術に居合を重視して取り入れたものだった。

十四郎も一度だけ、その凄まじさを目の当《ま》たりにした事がある。

随分前の話になるが、十四郎が勤めていた藩邸で、新しい人員を求めたことがあった。

藩が必要としたのは一人だったが、十六人の志願者があった。

そこで、藩邸の中で腕試しが行われたのである。できれば腕のたつ者を雇い入れたいというのが藩主の意向であった事から、急遽藩邸内に幕が引かれ、志願者同士の対決が行われた。

最後に残ったのが、一刀流の中井勘兵衛《なかいかんべえ》という浪人と、新田村流居合術の荒瀬《あらせ》権十郎《ごんじゆうろう》という浪人だった。

十四郎は幕の袖で見ていたが、いずれの剣も、甲乙つけがたいと思っていた。

だが立ち合ってすぐに、中井は腹に一撃を浴び膝を折った。荒瀬の腰の木刀が弧を描いた時、もう決着はついていたのだ。

しかし藩は荒瀬を除外して、新しい人員を選んだと聞いている。理由は、新田村流の容赦のない剣技にあった。荒瀬が立ち合った者たちの多くが、肩を砕かれ、あるいは肋骨を骨折し、手首の骨をぐちゃぐちゃに砕かれていたという。

新田村流の剣には常に殺気が宿っており、藩はそういう剣を遣う人物を抱え込むことに、先々の不安を覚え、荒瀬除外を決定したらしかった。これは後日、十四郎と一緒に見物していた同輩から聞いた。

居合は『鞘《さや》の内』といわれる。つまり、鞘放れの一刀で勝ちをおさめる。新田村流の剣と立ち合った者は、一瞬の気の緩みが、命取りとなる。

金五の心配はそこにあるようだった。

十四郎は、厳しく見返して頷いた。

七

「その話は、もうしたくもありませんな」

日本橋に店を出す小間物屋の亀屋鶴蔵は、四角くひらべったい体の上に首を伸ばすと、手提げ袋を右に左に揺らしながら、しつこく話しかける十四郎に迷惑そうな目を流した。

鶴蔵は、お秋が最初に会った男で、美人局の罠にはまり、お秋の話だと、その時五十両もの金を達之進に脅しとられている筈だった。

だが鶴蔵は、五十両の金よりも、もうその話には触れられたくないというのが本音のようで、十四郎にまだついてくるのかという顔をした。

「人助けだ。まあそう邪険にするな」

十四郎は苦笑した。

ならず者二人がお艶に脅しを掛けてから数日が経っていた。

ところがその後、達之進からの連絡がぴたりと途絶え、藤七が若い者を使って潜伏先を探っていたが、杳《よう》としてその行方は分からなかった。

お秋の話から察すれば、達之進の今度の狙いは五百両もの大仕事。その相手については、お秋はまったく見当もつかないらしいが、狙いの五百両は美人局をして得る筈だ。いずれお秋を引っ張り出さずにはおかないだろう。

必ず連絡は来る、十四郎はそう思った。

だがお登勢は、追跡の手を休めなかった。向こうが出てこないのなら、こっちから誘《おび》き出してやる。小太郎のためにも一刻も早い解決が必要だと言った。

「こうなったら仕方がありません。十四郎様。向こうは迷惑がるでしょうが、達之進から脅された人たちに当たってみて下さい。達之進がどんな手段で、鼻の下の長い旦那衆に取り入っているのか、それが分かれば潜伏先も判明するかもしれません」

お登勢には、一分の弱みも見せないという気概が見えた。

十四郎もお登勢の狙いは確かだと思う。思うが実際、目の前の鶴蔵は、十四郎に会った時から、虻《あぶ》や蚊《か》を追っ払うような態度であった。

「鶴蔵、話してくれなければ、明日は店を訪ねることになるぞ」

十四郎は脅しを掛けた。せかせかと歩いていた鶴蔵の足が止まり、真っ青な顔を十四郎に向けた。

「私を脅す……そういう訳ですか、あなた様は」

「いやいや、俺はまたあの男が、おまえに何か言ってくるのではないかと心配しておる」

「えっ……またですか。それは困ります」

「あんな奴らは、金がなくなればまた来るぞ。そうなれば、お内儀にも知れる」

「とんでもございませんよ、それは……あなた様はご存じないから愚痴を言ってもしょうがありませんが、うちのナニは、女房というよりも、鬼のような女ですから、そんな事がばれたらあんた、あたしゃ追い出されてしまいます」

「だったら協力しろ。奴らの息の根をとめれば、おまえも安心するのじゃないか」

「塙十四郎様……とおっしゃいましたね」

迷っていた鶴蔵の目に、新たな決心が生まれたようだ。

鶴蔵は息を殺して頷くと、十四郎をすぐ近くにあった、稲荷の祠《ほこら》に誘い、

「塙様。私が達之進とかいうお武家に会ったのは、高砂町《たかさごちょう》にある賭場でした」

十四郎の顔色を窺うように、まずそう切り出した。人には知られたくない気配であった。

つまりそこは賭場といっても、日本橋や京橋《きょうばし》界隈に店を張る中堅どころの商人ばかりで構成された、言わば『無尽《むじん》の会』のようなものだと言った。

ほんの遊び程度の賭け事はするが、一回の掛け金も一両までと決まっていて、勝ちつづけたとしても、十両を越えた儲けは胴元に場所代を払い、残りはみな会に積み立てることになっていた。

そしてその金が、ある一定の額になった時、仲間全員で芝居に行ったり旅に出たりと、賭場は親睦をかねた息抜きの場所。会員も身元の確かな、気心の知れた者ばかりの集まりだった。

ちょうど今から二月前、鶴蔵は久し振りに高砂町の賭場に行った。

どちらを向いても顔見知りの商人ばかり、しばらく博打をうって、中休みの茶や酒を楽しんでいた時のこと、自然と女の話になった。

昔の、あの女はよかったとか、この女は期待はずれだったとか、品定めに賑々《にぎにぎ》しくなったころ、ふらりと武家が入ってきた。

武家は茶菓子を運んできた胴元と一緒に入ってきて、胴元が、このお方は昔世話になった旗本の向井達之進様というお人だと紹介したのである。

達之進が、皆の話に割り込んできたのはまもなくの事、昔、花屋敷にいたお秋をどう思っていたかなどと聞いてきた。

「錦絵にもなったおなごです。知らぬ者はおりません」

鶴蔵が、興奮して言った。

すると達之進は側に来て、鶴蔵の耳元に、

「お秋に会いたければ、いつでも紹介するぞ」

と、言ったのである。

昔のお秋に夢中になっていた者は、鶴蔵だけではない。おそらく、そこにいるほとんどの男たちが、花屋敷に通った口だ。

お秋の名が達之進の口から出た時の、うわずった皆の声がなによりの証拠であった。皆がひととき若い頃に戻ったような嬌声を上げ、お秋の話をひとしきりした後で、鶴蔵はお秋をおまえにだけ紹介するぞと達之進に持ち掛けられた。

このお武家は、私にだけ誘いを掛けた。鶴蔵はそれが嬉しくて、即座に頷いたのである。

達之進はその時、お秋はいま金に困っている。心付け次第で、どうにでもなる筈だと囁《ささや》いたのだ。

鶴蔵が飛び上がらんばかりの心地で、達之進の言葉に頷き、約束した日を待ったのは言うまでもない。

あのお秋を自分のものに出来るという喜び、達之進に対する警戒心は全くなかった。余計なことを考える余地さえないほど舞い上がっていた。

果たして、達之進が指定してきた深川の小料理屋でお秋と会った鶴蔵は、酒を飲み、料理に舌鼓を打ちながら、それとなく誘ってみた。だがどういう具合か、お秋にその気はまったくないようだった。

――お秋は、恥ずかしがっているに違いない。

鶴蔵は勝手に解釈して、お秋の側に膝を寄せ、手をとった。

「何をするんですか、止めて下さい」

お秋が鶴蔵の手を払って叫んだ時、ぬっと達之進が顔を出した。

「亀屋の旦那。乱暴はしちゃあいけませんや」

武家とは思えぬ口をきいた。そしてお秋に、すぐに出ていけと厳しい顔で言い、お秋が部屋を出て、足音が遠ざかると、

「人の女房に何をするんだ、ん？」

鶴蔵の襟元を締め上げた。

「む、向井様、な、何をおっしゃっているんですか」

「俺の女房だって言っている」

「ま、まさかあなた……でもここは、あなた様が……」

「うるせえ……人の女房に手を出したらどうなるか、旦那は知らぬ訳はないよなあ」

「ちょ、ちょっと待って下さい。私は今、手を握っただけで」

「そんな事が通るのか……人の女房をこんなところに誘ってだ。何もなかったでは済まされんぞ」

向井は、鶴蔵を突き放すと、片膝立てて、刀の柄に手をやった。

恐ろしいほどの殺気が、鶴蔵を襲ってきた。

「お待ち下さいませ。どうぞ、その手を刀からお離し下さい」

「ふん……そうまで言われりゃあ仕方がない。しかし鶴蔵、おまえも日本橋に店を張る商人だ。長屋に住んでる貧乏人でも、こういう場合は堪忍料は常識だ。分かっているだろうな」

向井は、諭すように、脅すように、くるくる声音を変えて言った。

鶴蔵は、自分でも顔が蒼《あお》くなるのが分かった。両手をついて、

「あの……十両でいかがでしょうか」

目の玉だけを向井に向けて、おそるおそる値踏みした。

「十両だと……花屋敷のお秋だぞ。錦絵にもなった女をいいようにしてたった十両か」

せせら笑って睨み据えた。

「では、に、二十両……」

「おまえは、死にたいのか」

「と、と、とんでもございません。どうぞ、向井様からおっしゃって下さいませ」

「よし。俺も人の子だ。そうだなあ……五十両で手を打とう」

達之進は片方の口角を上げてにやりと笑った。だが、鶴蔵を見下ろしている目がぞっとするほど冷たかった。

「ご、五十両……分かりました。おっしゃる通りに致します」

鶴蔵は畳に額を擦りつけた。

以上が、向井に脅され金をとられた全容だと鶴蔵は悔しそうな目を向けた。

「よく分かった。悪いようにはせぬぞ」

十四郎が頷くと鶴蔵は、

「番頭や女房に内緒で金を持ち出すのには苦労しました。二度と嫌でございます。どうかよろしくお願いします」

今にも泣き出しそうな声を出した。よほどこたえたようである。

「お登勢殿、それで俺は、すぐに高砂町の賭場を開いているという家に寄ってみたが、その家の主で胴元をやっている親父は、達之進が美人局をしているなど少しも知らないと言ったんだ。達之進についても、達之進の父親には世話になったことがあったようだが、以後の繋がりはなく、あの時は、達之進が突然現れびっくりしたと言っておった。今の、達之進の境遇など全く知らなかったのだ」

十四郎は言い、お民が出してくれた茶を啜ると、青い毛氈《もうせん》の上で床の間に置く花を活《い》けているお登勢の手元に目を遣った。

お登勢は、十四郎に横顔を見せて花器に活ける枝を選別し、鋏《はさみ》の小気味良い音を立てて十四郎の話を聞いていた。

お登勢の、黒髪を受けたうなじの白さ、きりりと伸ばした背に宿る緊張感、それを支えるしっとりと据えた腰の肉が、柔らかい着物の布を通して伝わってくる。匂い立つ色気が、十四郎を圧倒していた。

――こんな時に俺は……。

十四郎は瞬きをしてごまかしてお登勢から目を逸らし、春の午後の陽のひかりが映る障子に目を移した。とはいえ、目の端にはお登勢をしっかり捉えていた。

お登勢は、ほころびかけた白木蓮《はくもくれん》のひと枝を花器に活けると、鋏を置いて、

「十四郎様……」

と、十四郎に向いた。

「達之進からお秋さんに呼び出しがかかりました」

「何……」

「言う通りにしなければ、小太郎を殺す。そう言ってきたんです。お艶さんに知らせてきたんですけど、明日の暮六ツ、場所は洲崎《すさき》の『丸山《まるやま》』という料理屋に出向いて来るようにということでした。相手は日本橋に店を持つ呉服商の『淀屋《よど》』さん……」

「ちょっと待ってくれ。いま淀屋とか言ったな」

十四郎は慌てて、懐から一枚の紙片を出した。そこには鶴蔵から聞いた無尽の会の仲間の名が連ねてあった。

その中に呉服商淀屋の名は、会の世話役として筆頭に載っていた。

「鶴蔵から聞き出したものだ」

お登勢は、その紙片を凝然として見詰めていたが、紙片から顔を上げると、

「十四郎様、達之進は無尽の会の積立金を狙っているのではないでしょうか」

と、言った。

「実は、藤七が探りを入れたところでは、淀屋さんは若葉の頃に無尽の会でお伊

勢参りをするので、その手筈を頼んでいた旅の業者に会うのだと聞きました。ということは明日、旅の費用《ついえ》をそこで支払う筈ですから」

「しかし、五百両だぞ」

「十四郎様。旦那衆のお伊勢参りなどというものは、お参りをする事よりも、旅籠《はたご》旅籠で豪勢に遊ぶのが目的です。五百両など、何ほどのものでもないと存じますよ」

「そうか……そういう事か。で、お秋はどうしている？」

「もはや達之進の姦計《かんけい》に乗るしか方法がありません。小太郎ちゃんを取り戻すために覚悟をして参るようです。その前に、自分のために大怪我を負った兵吉さんに謝りたいと言いましてね。お艶さんと裏店に帰っていきました」

「ふむ、兵吉も人がいいというか……」

「あら、十四郎様は、気づいていらっしゃらなかったんですか」

「何を」

「兵吉さんは、お秋さんを死ぬほど好いているんですよ」

「へえ、本当か」

「ほんとです。十四郎様はそういう事になると……」

お登勢はほほ笑んで立ち、障子を開けた。

温もりを含んだ陽射しが、十四郎の膝元まで伸びてきた。

お登勢は縁側に立って、

「万吉……」

と呼んだ。

すると、それを待っていたかのように「はい」と返事が聞こえて、万吉が一方から走ってきた。

「掃き掃除は終わりましたか」

「はい、お登勢様。おいら、手も洗ったよ」

万吉は両手をぱっと開いて、掌をお登勢の前に突き出して見せた。

「よろしい。じゃあお民ちゃんに言って、おやつを頂きなさい」

「ありがとうございます」

万吉は、飛ぶようにして、勝手口の方に消えた。

——このひとは……。

事件を解決する冷静で果敢な一面を見せるかと思うと、弱い立場の人間には、
どこまでも優しい……。だからこそ俺も、いや、藤七にしろ、店の若い衆にしろ、

お登勢のために命を懸けてもいいという気持ちになる。

十四郎は熱い視線を、お登勢のたおやかな後ろ姿に投げた。

と、ふいにお登勢が振り向いた。

「私の顔に、何かついているのですか」

「いやなに、俺も、万吉のような時代があったのかと見ておった」

「まっ」

お登勢は、愛《いと》しむような目で、きゅっと睨んだ。

八

「十四郎様……」

藤七は、緊張した顔を十四郎に向けた。

洲崎の料理屋『丸山』の植え込みの中に潜んで四半刻、離れ座敷に続く廊下に、白粉《おしろい》をつけ紅を刷《は》き、美装を凝らしたお秋が、長丈に着た着物の褄《つま》をすいと摑んでやってきた。

遠目にも目を瞠るほどの艶やかさは、お艶が選んだ衣装にあった。古手物とはいえお秋が着ているその衣装は、錆御納戸《さびおなんど》色に染め上げた小袖の裾に白梅が散らしてあり、帯の色は黒つるばみ（紫みの暗い青）。足を捌くと、着物の裏地に使った薄紅の縮緬《ちりめん》が鮮やかに翻る。

料理屋『丸山』には、京の風情を模して建物も庭も造られていて、庭を照らす石灯籠の灯の流れが、お秋の姿を一層美しく浮かび上がらせているようだった。

「お秋でございます」

淀屋の座敷の廊下の前で、お秋はいったん跪《ひざまず》いて声を掛け、部屋に入った。

すると、頃合を見ていたように仲居に案内されて、武家二人、兵吉を襲ったならず者二人の計四人が、淀屋の座敷が見わたせる廊下を隔てた座敷に入った。

四人は、仲居が注文をとり帳場に引き返すと、静かに障子戸を開け、油断なく周囲に目を遣りながら、足音を殺して離れ座敷への廊下を渡った。

青白い顔をした痩せた男が先頭に立っている。それが達之進かと思われた。

達之進が後ろに手を差し出して、待て、の合図を送った。それで四人は座敷の廊下の前に立て膝をして蹲った。じっと中の様子を窺っている。

まもなくだった。座敷の中から聞こえていたお秋と淀屋の声が突然途絶えた。

そしてお秋の声が、

「お許し下さいませ、淀屋さん……」

と言ったのが聞こえてきた時、

——動いた。

十四郎は、腰を上げた達之進たちを見て、藤七に頷いた。

達之進たちは乱暴に障子を開け放ち、踏み込んだ。

「あ、あんたたちは、いったい、どうしたというんだね」

淀屋は驚愕した声を上げ、目の前に置いた風呂敷包みを抱えていた。

「おい、淀屋。お秋さんを呼び出してここで何をしようとしていたんだ……まさか人の女房といいことをしようだなんて考えていたんじゃあないだろうな」

匕首をひらひら振りながら、ならず者の男が、淀屋をなめ回すように見た。

「お内儀?……」

淀屋があんぐり口を開けて、お秋を見た。

「何をすっとんきょうな声を出しやがる。知らなかったじゃあ済まされねえぜ」

「冗談じゃありませんよ。お秋さんをよこしたのは、そちらさんじゃありませんか。それに人のお内儀だったなんて初めて聞きました」

「うるせえ！」

達之進が刀の鐺《こじり》で、目の前にあった膳をひっくり返した。

「人の女房を呼び出して、そういう言い訳は通らねえぜ。まあ、すんだ事は仕方がねえ。どうだい、おまえさんが抱えているその包みをよこしな。それで、なんにもなかった事にしようじゃないか」

淀屋の前に片膝立てて腰を据えた。

「包みって、こ、これは」

「五百両、入っている……分かっているんだよ、こっちには！」

ぐいと睨んだ。

——行くぞ。

十四郎は庭を走った。だが、飛び込もうとした十四郎より早く、お秋が淀屋を庇って立っていた。

「どけ、お秋」

達之進が叫ぶ。

「どきません。私は、私は今日こそ、あなたに改心していただきたくて参りました。どうかもう、このようなことはやめて下さい。甲府勤番になった時もそうでした。あの時も私、本当にあなたが改心してくれて、甲府の町に骨を埋める決心をしてくれたと思ったのです。ところがあなたは、ことごとく期待を裏切り、私を博打の借金のかたにしようと離縁しました。私は、もうあなたの女房なんかではありませんよ。とっくに縁は切れております」

「ふん。じゃあおまえの亭主は、あの腰抜けの兵吉か」

「……」

「あんな男が、おまえの亭主か」

意外にも、達之進はちらっと元亭主の嫉妬を見せた。

「ええ、そうです。兵吉さんは約束してくれました。私が無事ここから帰ったら、小太郎と三人、幸せに暮らそうって」

「花屋敷のお秋が、聞いて呆れるぜ……あんなくだらない男と一緒になるなんぞ、許せぬ。おまえも斬る。もちろん小太郎もだ。小太郎は俺の手の内、それでいいんだな」

すっと達之進は腰を引いた。

――いかん、本気だ。

十四郎は飛び込んだ。

「待ちなさい。おまえは、女房だった女まで斬るというのか」

お秋を庇ってすっくと立つ。

「貴様は……」

と驚愕する達之進、だがすぐに、

「そうか……おまえが小野派一刀流、名は塙十四郎……」

きっと見据えた。

「俺のことを調べたか」

「当然だ。一度立ち合ってみたいと思っていたぞ。ちょうどいい、おまえを先に血祭りにあげてやる」

達之進は言うが早いか廊下に走り、庭に跳んだ。

「よし」

十四郎もゆっくりと庭に降りた。

背後で、藤七が淀屋を玄関に導いていく足音を聞いた。

その足音が消えるのを待って、十四郎は履いていた草履を脱ぐと、足先で後ろにやった。

すでに達之進は、両手をだらりと落として待っている。

灯籠《とうろう》を横手において、目の前に達之進、右手に浪人とならず者二人が立った。

「行くぞ」

十四郎は正眼《せいがん》に構えると、息を少しずつ吐いた。

達之進は、足の指先を這《は》わせるように、じりじりと詰めて来た。

相変わらず、手は下に垂らしたままで、十四郎と自分との間合いをはかっているようだ。

十四郎も、達之進の動きを注意深く観察しながら、達之進の腕の長さと、その腰にある刀の長さを測っていた。

達之進が一刀で勝負してくる距離と、自身がそれを払い、払った刀で相手を薙《な》ぎ、あるいは突き、あるいは斬り下げる距離を見定めていた。

勝敗は、二人の間の距離で決する。放った一撃が相手に達するか否かが鍵だった。

十四郎は、慎重に大地を確かめ、一寸ずつ間合いを測って移動する。

間合い一間二尺——十四郎が静かに正眼より八双《はっそう》に構えを移したその時、横合いから鋭い風が襲って来た。十四郎の剣の誘いに乗ったのは、右手にいた浪人だった。

十四郎は撃ち込んで来たその剣を、下手から擦り上げて飛ばし、伸ばした剣で、浪人の肩を袈裟懸けに斬り下ろした。

肉を斬る確かな手応えとともに、浪人は声も立てず、そこに倒れた。

「俺は、そやつとは違うぞ」

達之進が冷ややかに笑った。

再び十四郎が正眼に構えた時、今度は達之進の腕が動いた。

——来る。

十四郎は素早く後ろに飛びのいて、弧を描いて走り抜けた剣を躱すと、すばやく達之進の懐に飛び込んで、達之進が一度鞘に納めた刀を、もう一度抜きかけたその手首を、斬った。

うっ……という声とともに、達之進は皮一枚で繋がった手首をぶらさげたまま膝をついた。

瞬息、その首に白刃を伸ばし、刺し貫こうとした十四郎は手を止めた。

脳裏に、幼い子供の姿が走り抜けた。子供は、小太郎の後ろ姿のようだった。まだ会ったこともない小太郎と、万吉のあどけない姿が重なった。

冷酷無情、無法者のこの男でも、小太郎にとっては、ただ一人の父親だ。せめて、父親としての償いをしてほしい。十四郎はそう思った。

十四郎は静かに達之進の喉元に刃を付けた。

「小太郎はどこだ。言え」

「ふん」

達之進は、せせら笑った。

「貴様という奴は……小太郎はおまえの子だぞ」

「何……馬鹿なことを。俺は知らんぞ」

あくまで悪態をつく達之進。

だが、その時、帰ったと思っていたお秋が素足のままで走って来た。

「達之進様、小太郎はあなたのお子です。あなたの脇の下には盃大の痣《あざ》があります。小太郎にもあるんです。脇の下に、同じところに、大きな痣が……あなたは、それでもあの子を殺すというのですか……達之進様」

お秋は取りすがって絶叫した。

「痣……痣があるのか」

「はい」

冷たく光っていた達之進の目が揺れた。その目でじっとお秋を見詰めていたが、

「小太郎が……俺の」

と、達之進は頭を垂れた。腕を抱えた痩せた肩が、灯籠の影の中で激しく震えているのを十四郎は見た。

「ぐっ……」

突然、達之進は左手で小刀を引き抜くと己の腹に突き立てた。

「達之進」

「塙殿……これでいいのだ、これで……俺が生きていては小太郎の邪魔になる。小太郎はこ、駒形《こまがた》の飲み屋『たぬき』だ……こ、小太郎を頼む」

達之進はそう言うと、一気に小刀を横に引いた。

一瞬苦悶《くもん》の表情を見せたが、最期にふっと笑って息絶えた。

「達之進様」

お秋がそこに泣き崩れた。

「十四郎」

背後で金五の声がした。

振り返ると、金五はならず者二人を捕縛した松波と立っていた。

「松波殿」

「後は私に任せてくれ」

松波はそう言うと、後ろに控えていた同心に、それっと顎をしゃくってみせた。

小太郎は、達之進の情婦《いろ》だった駒形町の飲み屋の女将、お杉《すぎ》の家に匿われていた。

十四郎と金五が駆け付けて小太郎を助けだし、お秋に渡してからもうひと月になる。十四郎はあの時、何も知らずに人懐っこく走りよってきた小太郎を抱いた。小太郎の体はびっくりするほど柔らかかった。あの感触は、今でも十四郎の胸にある。

お秋はいま、小太郎を引き取って、親子で暮らし始めたと聞いている。兵吉と三人で暮らす日も近いだろう。

だが、一方の達之進は己の悪行を恥じて死んだ。

小太郎の、あの柔らかい感触を、まだ乳の匂いのする可愛い体を抱きしめることもなく散った。

それが達之進の親心だったのかもしれないが、悪は悪としても達之進の最期は哀れであった。

事件は解決したが、十四郎の胸にはなぜか苦々しいものが残っていた。

——せめて、お秋と小太郎が幸せになってくれねば……。

寝坊をした床の中で、十四郎はぼんやりとそんな事を考えていた。

気づくと、長屋の井戸端で、賑やかに噂話に花を咲かせる女房たちの声がする。

鋳掛け屋の女房おとくの声か、唾でも飛ばして話しているのか、鉄砲のような早口が聞こえてきた。

——腹がすいたな。飯でも炊くか。

起き上がると、急に聞こえていた声が止んだ。

おやっと思っていると、

「十四郎様……塙様」

大家の八兵衛《はちべえ》の声がした。

起きたばかりでむさ苦しい。

「ちょっと待ってくれ」

大声で返事を返すと、慌てて着物を着て、戸を開けた。

「へっへっへ。やっぱり、いらっしゃいましたね」

八兵衛は、妙な笑いを見せて、

「どうぞ。いま起きたところのようです」

表に向かって案内すると、小さな竹籠を抱えたお登勢が、お手数をおかけしましたと言い、入って来た。

「お登勢殿」

驚いて、あたふたと土間に下りたが、あんまり慌てていて、草履を履こうとしたその時に、膝頭を上がり框でしたたかに打った。

「痛っ……」

顔をしかめると、その耳元に、

「ずいぶん、慌てていらっしゃるようでございますね」

八兵衛は、めざしの臭いのする口を寄せ、にやりと笑った。

「馬鹿、橘屋のお登勢殿だ」

十四郎は声を潜めて八兵衛に言う。だが八兵衛は意味深げに頷いて、

「では私はこれで。散らかってむさい家ですが、ごゆっくり」

と、お登勢に手を揉むようにしてお辞儀をすると、外に出た。

八兵衛のちゃらちゃらと鳴る雪駄《せった》の音と、妙に弾んだ鼻歌が遠ざかった。

お登勢は背中でそれを送ると、

「十四郎様、これをご覧下さいませ」

手に抱えてきた籠を置いた。籠の中には緑色の柔らかい葉っぱが敷かれ、その上につくしんぼが載っていた。

「今朝お民ちゃんと万吉が庭先で摘みました。珍しいものですから、十四郎様もどうかと思ってお持ちしました。つくしのおひたし、お好きでしょ」

「好きだが、どうやって食べたらいいのだ」

「私がつくりましょうか」

「いや、それではすまぬ」

「何をいまさら……さあ、顔を洗っておいでなさい。すぐにお食事の用意をします」

「しかし……」

「いいから、さあ」

「すまん」

十四郎は、急いで手ぬぐいを下げて外に出た。

まさかこんなところにお登勢がやってくるとは、考えてもみなかった。冷や汗がどっと出ている。

「だ、ん、な」

呼ばれて、ふっと顔を上げると、井戸端にいた長屋の女どもが、みな一斉に笑いをくれた。しかしその笑いは、温かかった。一人暮らしの十四郎を見守っている笑いだった。

「やあ……」

十四郎は、後ろの、自分の家にいる筈のお登勢を気にしながら、頭を掻いて、おとくたちに挨拶をした。

第四話　名残《なごり》の雪

一

「大事ございませんか？」

新川《しんかわ》にかかる一《いち》ノ橋《はし》を渡ろうとして、不覚にも小石に蹴躓《けつまず》いて転んだ塙十四郎を、提灯で照らしながら藤七が聞いた。

「だから、私は申しました」

藤七は珍しく咎《とが》めるような言い方をした。言葉だけでなく、橘屋の屋号の入った提灯に浮かぶ藤七の表情は、お為顔《ためがお》になっている。

「ああいう飲み方をなさっては、どのお酒がどんな味だったか、十四郎様は覚えていらっしゃらないのではございませんか」

「覚えているよ。明日お登勢殿に、どれがこう、これはどうと伝えればいいんだろ」

「それが出来ればよろしいのですが、酒飲み大会じゃございませんよ。利き酒に参ったのです」

「分かっておる」

「いいえ。お分かりではございませんでした。私が注意を申し上げましたのに、これではよく分からん、などとおっしゃって、大きな盃を持ってこさせて、どんどん飲む……」

「ちびちびやっても、分からんだろ」

「まったく……十四郎様は剣の腕前もお人柄も申し分ございませんが、お酒が玉に瑕《きず》だとおっしゃった八兵衛さんのご忠告が、今更ながらよく分かりました」

「何、八兵衛がそんな事を申しておったのか」

「はい。申しておりました」

「八兵衛の奴、大家のくせにとんでもねえ野郎だな」

「そんな軽々しいお言葉は聞きたくございません。十四郎様らしくもない」

「へっへっへっ、藤七、どうして今日はそうなんだ……いつもと違うのではないか」

「こりゃあ駄目だ、駕籠を呼びましょう。それとも今夜は橋屋に泊まりますか」

とうとう藤七は、業《ごう》を煮やしたようだった。

「藤七、俺を馬鹿にするのか。ちょっと蹴躓いたぐらいでなんだ、大袈裟だぞ。いいからおまえはここから帰れ。俺は長屋に帰る」

「しかし」

「何が、しかしだ。帰れ。俺はな。今までにも一度だって酔いつぶれて、道端に寝た、なんてことはないぞ」

「当たり前です」

「だったら、分かっているのなら心配は無用だ。何、これぐらいでちょうどいいんだ。帰り着いた頃には、酔いも醒めておる」

「信じてもよろしいのでございますね」

「むろんだ」

「じゃあ、も少し、そこまでお送り致します」

「いらぬ。まだ宵の口だ。町場を抜けて帰るからいらぬ。おまえはなんだ、帰れば用が待っているだろ」

「はい。今夜はうちで寄合がございますので、皆様をお送りしなくてはなりません」

「お登勢殿が待っておる。早く帰れ」

「そうですか、それじゃあ、この提灯をお持ち下さい」

「いらぬ。帰れといったら帰れ」

十四郎は両手でひらひらと追い立てた。

「分かりました。そうまでおっしゃるのなら私はこれで……明日お待ちしておりますので、お登勢様には、そのように申しておきます」

藤七は、何度も振り返りながら、帰っていった。

――さて……。

十四郎はゆらりと腰をあげて見渡した。

この、隅田川河口に流れる新川の両岸には、ずらりと酒問屋が並んでいる。

川岸は頑丈に石を積んで護岸工事がほどこされ、岸の際には各々の酒蔵が建ち、昼間はひっきりなしにこも樽を積んだ伝馬《てんま》船が到着し、蔵から直接船に渡した板の橋から、手際良く酒樽が荷揚げされて蔵の中におさめられる。

日々運びこまれる樽の量は、上方の京の伏見《ふしみ》、伊丹《いたみ》、伝法《でんぽう》、兵庫《ひょうご》、それに伊《い》勢《せ》や美濃《みの》などの下り酒だけでも、年間四斗樽《しとだる》で九十万樽近く、近隣で作られる地廻り酒も十万樽がここに集まると聞いている。

まさにここは江戸の酒樽といった感があり、無造作に岸に積み上げられた酒樽の山、樽の入った蔵の列、酒好きには堪《こた》えられない景色であった。

十四郎が利き酒をした酒問屋は、蔵とは道を隔てたすぐ後ろに軒を連ねて店を張っており、酒樽はここから府内にある酒屋、料理屋などに運ばれていくのである。

ここは、今では江戸でもひときわ羽振りのよい商人の町、ざっと橋の上から見渡しただけでも壮観だった。

十四郎はまさかこの町に入り、好きな酒が堪能できる機会が与えられるなどと考えてもみなかった。

それが今日、橋屋に出向くと、お登勢から下り酒の酒問屋に、利き酒に行って貰えぬかと言われたのである。

酒問屋の利き酒の招待は一、二月が最も多いが、今年は新酒も出たといい、三月に入っても利き酒の誘いがかかった。

橘屋は、宿で使う酒の量は知れたものだが、三ツ屋で使う量はかなりになった。

もちろん下り酒にも上下があって、仕入れる酒の銘柄も様々だった。

主に『伏見屋』からの仕入れが多かったが、上方の商人たちの競争は熾烈《しれつ》をきわめ、なんだかんだと誘いがかかる。

いつもならお登勢が直々に出かけていくのだが、今日は急遽、十四郎にそのお鉢が回ってきた。

願ってもない仕事だと膝を打って引き受けたが、藤七が言う通り少々度を越したようだった。

良質の白米を使い、一流の杜氏《とうじ》集団で造られた上方の酒は、どこまでも澄みわたり、味も濃く、よく効いた。普段安酒をあおっている十四郎は、高価で口当たりのよい酒を目の当たりにすると、ついつい利き酒をするというよりも、がぶ飲みになったようだ。

今になってみるとはしたない限りだが、酒を前にした時の、いやしい根性はどうしようもない。

十四郎は橋の上から、自分と同じように利き酒に呼ばれ、舟で帰る商人たちの賑々しさを見送った。

待っている者もいない一人暮らしの十四郎は、遅くなろうが明日になろうが咎《とが》める者は誰もいない。

川風に吹かれながら、ゆらりゆらりと一ノ橋を渡り、富島町《とみじまちよう》一丁目に入り、左に曲がって霊岸橋《れいがん》に出ようとしたその時、黒い影が目の前を横切った。影の頭が、何かできらりと光ったようだ。

瞬きして今見たものを思い起こすと、影は浪人一人と町人二人、それが右側の商店から走り出て来て、向かいの栄《さかえ》稲荷に走りこんだようだった。

商店から走り出て来たと思ったのは、その商店の軒提灯に照らされた看板が、揺れたと思ったからである。

看板には『質　佐野屋』とあった。

――ふむ……。

もう一度目をこすった時、栄稲荷の境内で、激しく剣を打ち合う音が聞こえてきた。同時に町人二人が、裾をはしょって逃げていった。

十四郎は栄稲荷に走り込んだ。身に染み付いた剣士の血が、自然と反応するのである。酒気は、その覇気《はき》で瞬く間に吹き飛んだ。

――やや。

稲荷の祠の前で対峙しているのは、いずれも浪人のようだった。

二人とも痩せてはいたが、今さっき佐野《さの》屋の軒下から道を横切ったのが、背の高いほうだった。

人相までは定かではないが、射し込む半月の明かりでおよその見当はついた。

背の高い男は、腰を落として八双に構えている。落ち着いていた。それに比べて背の低い男は、上段に構えた剣を渾身の力で摑んでいた。

剣の技は、背の高い男がはるかに勝《まさ》っていると見た。だが、背の低い男には決死の思いが見て取れた。

まもなくだった。背の低い男が、荒い息をつき出した。上下する胸の動きが見えるほどの息である。

それを見た背の高い男が冷笑を浮かべて言った。

「小田切《おだぎり》、その体で俺に勝てると思うのか」

「黙れ。ようやく探し当てた貴様を、ここで逃す訳にはいかぬ」

背の低い男は、ぜいぜい言いながら、言葉を返した。

「ふん」

背の高い男の剣が、すっと下段に下げられたと思った瞬間、小田切と呼ばれた男めがけて地を蹴った。

刹那、小田切と呼ばれた男が、激しい咳をして蹲った。

「待て！」

十四郎は飛び出していた。

間一髪、蹲った小田切の背に振り下ろされた白刃が、十四郎の腕から伸びた刀身で跳ね返された。

「何をする」

走り抜けて、振り返った背の高い男が叫んだ。

「こちらは病人だ。どんな事情があるのか知らぬが、日を改められよ。それが武士としての流儀でござろう」

「小田切、助かったな」

背の高い男は、不敵な笑いとともに刀を納めて、境内の外に走り出た。

「立てるか」

十四郎は、咳《せ》き込んでいる男の肩に手を置いた。

「か、かたじけない。不覚でござった」

と、見上げた男の口元に、黒いどろっとしたものが、光って見えた。

――労咳《ろうがい》病みか。

十四郎は一瞬息を殺して見詰めたが、すぐに抱き起こして、

「送っていこう」

男の脇の下に体を入れた。

「どなたか存ぜぬが、すまぬ」

小田切という男は、目のくぼんだ、頬骨の立った横顔で、十四郎に頭を下げた。

その間にもひっきりなしに、苦しげな息を吐く。

小田切の息は、血を吐いた後の生臭さが混じっていたが、密着している体からは、浪人特有の垢の臭いはしなかった。

——この男は妻持ちだな。

十四郎はそう思った。

「住まいはどこだ」

十四郎は霊岸橋の袂で聞いた。

「堀江町だ」

「そうか、ちょうど良かった。それなら俺の帰り道だ」

十四郎は、霊岸橋を渡ると南茅場町《みなみかやばちよう》を抜け、坂本町《さかもとちよう》に出ると海賊橋《かいぞく》を渡り、右に折れて江戸《えど》橋を渡り、すぐにまた荒布《あらめ》橋を渡って、堀江町に出た。

頃は五ツ、桜の季節とあって、どこかで観桜を楽しんできた家族連れやお店者《たなもの》たちとすれ違ったが、十四郎と小田切がよろよろと歩くのを、その者たちは花見に浮かれた酔っ払いとみたらしく、失笑した目をくれた。

実際、いったん吹き飛んだと思っていた酔いが回ってきたのか、自身でも足のおぼつかないのが知れた。

小田切は、堀江町一丁目の角で、十四郎に抗うように足を止めた。

「その角にある葉茶屋の裏店でござる」

小田切は木戸を顎で指した。そして十四郎の体に渡していた腕を外し、

「造作《ぞうさ》をおかけした。家の者が心配しますので、ここで」

と、頭を下げた。

「うむ……」

十四郎は、咳き込みながら木戸に向かう小田切を見送った。小田切はいったん木戸の前でもう一度十四郎に頭を下げると、背を伸ばし、咳を殺して後、木戸から三軒目の家に入った。

小田切の、家の者への心遣いが十四郎には切なかった。

十四郎が居合わせなかったら、小田切はあの場で斬り殺されていたに違いない。

家の者は、小田切がいまさっき、決闘をしていたことなど知っているのだろうかと、ふと思った。

栄稲荷で二人が発した言葉から、小田切は敵《かたき》を討とうとしていたのだ。敵は、むろん背の高いあの男である。

ならば家の者も一蓮托生だ。背負っている荷は同じの筈。

ひょっとして小田切は、敵を討ち損じたことを家人に悟られたくなかったのではなかろうか、そんな気がした。


翌朝、十四郎は回り道をして、質屋佐野屋に足を向けた。

小田切の斬り合いも頭から離れなかったが、男たちが走り出てきた佐野屋に大事がなかったのか、確かめたいと思ったからだ。

果たして、店の前には遠巻きに人だかりが出来ていて、岡っ引や同心が出入りしているのが目にとまった。

「いったい、何があったのだ」

十四郎は、目の前でひそひそ話をしていた職人風の男に聞いた。

「心中だってよ」

「心中」

「なんでも、旦那がかみさんの喉を切って、自分も胸を突いて死んだらしいぜ」

「いつのことだ、今朝か」

「見つけたのは今朝らしいが、心中は昨夜《ゆんべ》の事らしい」

「何、奉公人はいたんだろ」

「旦那、お役人みたいな口、利かねえでくれませんか」

職人は仲間とのひそひそ話を中断されて、口をとんがらせた。

「すまんすまん。俺はここの主に世話になったことがあるんだ」

「へえ……さいですか」

職人はにやりとして、十四郎を上から下まで眺め回すと、

「番頭さん以下、出かけていたらしいんだ。飯炊きの婆さん一人が残っていたらしいが、婆さんは耳も遠いし、昨夜のことはなんにも気づいていないらしい。今朝になって奉公人が戻ってきて分かったという話だぜ」

「ふむ……」

十四郎は腕を組んだが、やはり昨夜の事が気になって、人垣を分けて中に入り、

「お役人……」

と、同心に後ろから呼び掛けた。

二

「という訳で、昨夜の怪しげな三人組が何か関係しているのではないかと説明してやったんだ。心中したのが分別ある中年夫婦と聞いては、なおさら何故という気がしたからな。ところが同心は、心中に間違いない、とこうだ」

十四郎は遅くなった理由を藤七に、くどくど説明しながら草履を脱いだ。ところが藤七は、

「お登勢様がお待ちでございます」

少しも十四郎の話を聞いてはいないようだった。

「分かっておる。おまえがやきもきしていると思ってな。ほれ、ちゃんと酒の銘柄以下、紙に認《したた》めて参ったぞ。安心しろ」

「十四郎様、駆け込み人でございます」

「何」

「部屋の方で、あなた様が参られるのをお待ちしております」

「なんだ。それならそうと……」

いらぬおしゃべりをしたと、十四郎は急いで帳場の裏の部屋に入った。

「十四郎様。こちらはお静《しず》さんと申されまして、八名川町《やながわちょう》の帳屋《ちょう》『美濃屋《みの》』さんのお内儀です」

十四郎の顔を見るなり、お登勢が駆け込み人を紹介した。

「よろしくお願いいたします」

お静は、どっしりと据えた膝を、こちらに回して手をついた。

年の頃は四十も半ば、声にも体にも、帳屋のおかみとして長年気配りをしてきた様子が見てとれた。着ている物も青磁色の小紋に葡萄鼠《ぶどうねず》の帯を締め、年のわりにはいろっぽい。小太りだが色も白く、おっとりとした感じだった。

見たところ、これまで幸せな生活を送ってきたのは瞭然としていて、何が不満で夫婦別れを決断したのかと、十四郎は訝しい気持ちで座った。

「お静さんとやら、どんな理由でここに来られた」

まずは質問をした。

「はい。今もお登勢様に申し上げていたのですが、夫に女ができたのでございます」

「ほう、ご亭主に女がな」

「はい」

「確かなのか」

「確かでございます。私はご覧の通り、のんびり見えますでしょうが、勘は鋭い方でございますので……」

お静はそう前置きすると、背筋を伸ばして、お登勢と十四郎にかわるがわる視線を走らせ、橘屋に来るまでの経緯を語った。

お静の夫美濃屋治兵衛《じへえ》は、昔は数寄屋町《すきやちょう》の大通りに暖簾を張る紙屋の大店『大黒屋《だいこくや》』の番頭だった。

お静もそこで働いていたが、夫婦になったのを潮に独立を勧められ、八名川町に帳屋を開いた。もう二十年も前のことだ。

使用人も当時は手代一人、小僧が二人と、こぢんまりした店構えで始めたが、夫唱婦随の頑張りで、今では帳屋の寄合では上席に座るまでになっている。

二人の間に子ができなかったのは心残りだが、だからこそお静も奉公人たちと一緒になって店を盛り上げてきたのであった。

もともと好き合って一緒になった二人である。治兵衛も真面目が歩いていると人に言われるほどの堅物《かたぶつ》で、今までに一度だって女に走ったことはない。

ところがここに来て、治兵衛の態度が一変した。日々の商いの相談事など、そういった事には何も変わったところはないのだが、妙によそよそしくなった。

大戸を閉めた後で、出かけていくのも度々で、以前は月に何度か求めていたお静の体も見向きもしない。

治兵衛は五十三である。老境にさしかかったとはいえ、女房のお静には、そういった些細《ささい》なことで、女房しか分かりようのない微妙なところで、治兵衛には女ができたと悟ったという。

「真面目な人だけに、それに年も年ですから、もう後戻りはできないと存じます。別に私を粗略に扱うとか、別れ話を持ち掛けるとか、そういう事ではございませんが、針の筵《むしろ》に座っているようで居心地が悪うございます。ですから、このまま年をとって、心の通わない生活を送るのなら、別れたほうがよいのではと存じまして」

「ふむ。では、亭主の治兵衛は、あんたがここに来たのは知らないのですな」

「はい」

「いっそざっくばらんに話してみたらどうなんだ。勘違いという事もあるのではないか」

十四郎は、おっとり構えたお静に言った。実際、お静の話を鵜呑《うの》みにはできないと感じていた。

「十四郎様。それが、治兵衛さんは、お静さんに内緒で、百両ものお金を持ち出していることが分かったのです」

お登勢が側から、お静を援護するような口をきいた。

「しかし、だからといって女に使ったとは言えんぞ。商いには目に見えない金がいると聞く」

「とんでもございません。うちは帳屋でございます。そんな大金をどうこうしてという話など、今まで一度もございませんでした」

お静はそう言うと、ほろっと涙をこぼして、

「実は、夫の下着に紅がついておりました」

哀しげな目を十四郎に向けた。そして、気持ちを整えるように息をすると、

「お二人ともまだ私よりお若いですから、お分かりになりませんでしょうが、この年になって余所《よそ》の女の人に心を移すなんて酷すぎます。いい年をした夫がと思うと情けないのです。今まで私たちは何をやってきたのだろうと、過ごして来た

二十年間を考えますと寂しくなります」

憤りが涙となって膨れ上がり、声を詰まらせた。

「お静さん。確かに私はあなた様より若いですが、事情はよく分かりますよ。女には女にしか分からないことがありますもの」

お登勢は、どうやら同情してしまったようだ。お静にそう答えた後、十四郎にこう言った。

「十四郎様。なんにもなければそれでよしです。お静さんにはいったん家に帰ってもらいますが、どうでしょう。ご主人の素行をしばらく調べてみては……」

「それはかまわんが」

「それでいかがですか、お静さん。橘屋はいつでも駆け込みは引き受けますが、こちらにいる塙様に調べていただいて、それからでも遅くはないと思いますが」

「分かりました。そういう事でしたら、しばらく様子を見てみます。塙様、よろしくお願い致します」

お静は言い、小さな口をきゅっと結んで手をついた。

翌日から十四郎と藤七は、かわるがわる美濃屋の治兵衛を張り込んだ。

店の外から見る限り、治兵衛は人のよい顔をした、よく働く商人だった。傲慢《ごうまん》なところもなく穏やかで、店の者に注意を与える時も、けっして怒鳴ったりしなかった。

帳屋は、その名のごとく、大福帳や元結、紙や蠟燭《ろうそく》を扱っている店である。地味な商売だが、春芽の吹いた青竹を店の入り口の両脇に立て、これが帳屋の看板になっているのが唯一の賑やかさ。治兵衛はその青竹を、毎朝自分で店の両脇に立てて、愛しそうに眺めるのである。

妻と守ってきた店を、いかに大切に考えているか、それで分かる。とても裏切り行為をするような、そんな風には見えなかった。

「やっぱり、お内儀の勘違いかもしれませんね」

藤七がそんなことを言い出したその日の夕、治兵衛は大福帳を御籾蔵《おもみぐら》向かいにある深川元町《もとまち》の貸本屋に納入すると、店には引き返さずに、万年《まんねん》橋を渡った。

張り込んで三日目、治兵衛が動いたのである。

十四郎は用心深く後についた。

商用であってほしいと、治兵衛の急ぐ背中を見ながら、十四郎は祈っていた。

なぜか先日心中した夫婦の話が脳裏をかすめ、人のよい治兵衛とおっとりしたお静が、修羅場《しゅらば》を踏むことのないように願っていた。

しかし治兵衛は、永代寺門前山本町《えいたいじもんぜんやまもとちょう》の路地を入った子供屋（女郎屋）に消えた。

その家は、小さな看板に『喜《き》の字《じ》屋』と掲げたしもた屋だったが、まぎれもなく子供屋だった。深川の子供屋では、近頃は、男の相手をするのは女郎ではなくて、素人の娘や内儀が多いと聞いている。

待つこと一刻あまり、治兵衛が格子戸を開けて出てきた。女に送られてくるのかと思っていたら、一人だった。

「美濃屋の治兵衛さん。ちょっとそこまでお付き合い願えませんか」

踏み出した治兵衛の前に立ち塞がった十四郎を見て、治兵衛は真っ青な顔をして立ちすくんだ。

「そういう訳でな。お内儀に頼まれたのだ。どうかな、お内儀には内緒にしておくから、あの店に行くのはやめて、今まで通りお静さんと仲良く暮らしたらどうなんだ」

三ツ屋の二階に治兵衛を連れ込んで半刻、十四郎は張り込んでいた子細《しさい》を述べた。

「今なら間に合います。どうぞお静さんを大切にしてあげて下さいませ」

お登勢も凝然として座っていたが、治兵衛の顔を覗き込むようにして言葉を添えた。

治兵衛は、手を膝の上に置き、その手を睨みつけてじっと話を聞いていたが、突然憫笑《びんしょう》を浮かべると、ぐいと首を持ち上げた。

「橘屋さん。女房が私を責めるなんて、そりゃあ噴飯《ふんぱん》ものですよ……私があそこに通うようになったのは、女房のせいですから」

「お静さんのせいですって……どういう事でしょう」

「女房は、勝手なことをお話ししたようでございますが、あれが先に男に走ったのでございます」

何を言い出すのかと、十四郎とお登勢は唖然として顔を見合わせた。

ひょっとして聞き違えたのではないかと、治兵衛の顔に目を戻すと、治兵衛は眉をひそめ、怨みがましい目を向けてきた。

「男とやりとりした艶文《えんぶん》を私は押さえております。ご存じだと思いますが、艶文のやりとりはれっきとした不義です。私がもしお奉行所に訴えれば、あれは不義密通で問われる身ですよ。何をとちくるっているんでしょうか」

「ならば聞くが、相手の男は」

「……」

「治兵衛」

「手代の増吉《ますきち》でございます」

「何……」

「まだ深い関係にはなっていないようでございますが、そりゃあもう歯の浮くような文面で、私だって、あのような文をお静からもらった覚えはございません」

「確かか」

「はい。いずれ抜き差しならぬ関係になるに違いありません。その時自分はどうするか、恐ろしい気がしております」

「治兵衛さん。私の見る限りでは、お静さんにそのような気配は微塵《みじん》もございませんでしたよ。お静さんは、あなたに女ができたと涙を流しておりました。あの涙、嘘や芝居で流せるものではございません」

「あれはああいう女子《おなご》ですから、見た目はそうかもしれませんが、私もやっと正体を見たと思っております。情けない話です。私の店もようやく紙屋の株を買えるまでになりましたものを。夢でしたよ、紙屋の株を買うことは、私たち夫婦の夢でした……それを目の前にして蹴躓いてしまいました。いや、私も女をつくりましたから、今更どうこうは言えなくなりましたが、私たちはもう終わりです」

治兵衛は、自戒とも後悔ともつかぬ、複雑な表情を見せた。

二人の話から感じられるのは、一度も直接ぶつかりあった形跡がないことだった。そればかりか、相手の言動を確かめる努力さえ怠って、それぞれが勝手な判断を下し、理性を失っているようだ。

このまま進めば、お静もそうだが、恐らく治兵衛は女の色香に惑溺《わくでき》し、なにもかも手放さなければならなくなる。治兵衛のような真面目な男は、堕《お》ちていくのも早いのではないかと十四郎は考える。

「ひとつ聞きたいが、お内儀のことがすっきりすれば、治兵衛、おまえは女と別れると約束できるか」

「……」

「ほらみろ。どうせ質《たち》の悪い女にひっかかっているのではないか。百両もの大金を無心する女だ」

「塙様、私の相方の女子は、そんな人間ではございません」

「ほう、どんな女か聞かしてもらおうか」

「あの人は、気の毒な方ですよ」

治兵衛は女を「あの人」と呼んだ。治兵衛がどれほど女に執着しているか知れようというものだ。

「家には病人がいて、家計もあの人ひとりの肩にかかっているようです。お金はあの人に無心されて渡したのではございません。子供屋の主に話を聞きまして、主から渡してくれるようにと、こちらが頼んだのです。お静のことはどうあれ、私はあの人に別れる捨てるなどと、そんなことはとても言えません。男と女の仲だからというのではありません。助けてやりたい、そういった思いが強いのです」

「じゃあ、お静さんと別れるんですね。自分の女房の気持ちも汲んでやれないようでは、ご亭主とはいえません。それじゃあお静さんがかわいそうです」

お登勢は厳しい口調で言った。

治兵衛は目を伏せて押し黙っていた。心底を吐露《とろ》しているうちに自分でも収拾のつかない、袋小路に立っていることに気づいたようだ。

「治兵衛さん。お静さんとは別れたくないんでしょう?」

お登勢は畳み掛けるように問い質す。

「だったら……よろしいですか。お話を伺う限り、どちらに否があるかといえば、やっぱり治兵衛さん、あなたですよ。お静さんの艶文の件は私がきっちりと確めますが、あなたも女の方とは手を切って下さい。あなたにできないというのなら、私どもの方で致します。もちろん、女の人が傷つかないように処理します。それでいかがでしょうか」

お登勢には長年培《つちか》ってきた勘がある。落とし所を心得ていた。

治兵衛は弱々しく頷いた。逃げ切れないと思ったようだ。

ふと迷い込んだ暗闇で、一瞬光り輝いたかに見えた愛欲の情。しかしそれが、常軌を逸した迷妄と切り捨てられた男の苦悩が、治兵衛の表情には表れていた。

男も女も、中年を迎えたある時期に、越してきた過去をふりかえって呆然と佇《たたず》むことがあるという。その先の人生を考えた時、このままでよいのかと行き悩む。

そんな時に、口を開いて待つ闇に、ふっと足を踏み入れる。

治兵衛夫婦がそうであったかどうかは定かではないが、今ここで引き戻さなければ、取り返しのつかない事態になるのは目に見えていた。

たとえ治兵衛の女が、かわいそうな境遇の女であったとしても、それはそれ、橘屋としては夫婦の間を元に戻す事が先決だ。

心を鬼にして肺肝《はいかん》をくだき、切るべきものは切り捨てなくては、解決など望めない。お登勢にはそんな意気込みが見えた。

むろん、十四郎に異存がある筈がない。

治兵衛が女との別れを承知した以上、この一件、できるだけ早く片付けたい、と十四郎は考えていた。

三

ところが翌日、再びお静が駆け込んできた。おさきという女中まで連れて来た。

「あら。今日にでも私が、お静さんをお訪ねしようと考えておりましたのに……」

お登勢が玄関の板間で出迎えると、お静は上にも上がらず、上がり框に腰を下ろして訴えた。

「まったく、治兵衛はどういう人間なのでしょうか。お二人に、私が手代の増吉と艶文のやりとりをしているとかなんとか申したようでございますが、その手紙、今ここにも持ってきておりますけどね」

と、袂から数通の手紙を出して、お登勢の前に置き、

「この文《ふみ》は、この子に代わって私が認めたものでございまして、つまりおさきの代筆なんです。ねえ、おさき」

お静の後ろで俯いて、泣きそうな顔で立っているおさきに言った。

「はい……」

おさきは顔を真っ赤にして頷いた。

「この子は字が書けません。増吉から貰った文の返事に困って私に相談を……それで、私が代筆していたという訳なんです。そういう事も、店の子たちの事情も知らないで、私をそんなふうに見ていたなんて、私はそれが許せないのでございます」

お静は、乱れた襟元をきゅっきゅっと整えると、背筋を伸ばして、おさきを促すように見た。おさきは、小さい声で、

「おかみさんのおっしゃることに、間違いはございません」

と頭を下げた。

お静はそれを見届けて、またお登勢に顔を戻すと、

「増吉もよく働いてくれますし、この子もそうです、いい子です。そんな二人が

好き合っているのならと、私は……それをあの人は」

「治兵衛は、そのことを知らなかったのか」

　十四郎もお登勢の側に腰を下ろす。

「おさきの気持ちを考えまして、女の子ですからね。恥ずかしいのではないかと、それでまだ、知らせてはおりませんでした」

「よく分かりました。そういう事でしたら、治兵衛さんの疑いは晴れる訳ですし」

　お登勢が言うと、

「あの人の気持ちが晴れても、私の気持ちは晴れません。私は今日こそ、離縁を考えてここに参りましたのです。はい」

　お静は、先日とはうってかわって、意外に強情な態度を見せた。

「おかみさん……」

　おさきが泣き出した。おさきは声を詰まらせながら、

「私のために離縁だなんて、そんなことをおっしゃらないで下さいませ」

「大丈夫ですよ。おかみさんは、ちゃんと分かっていますからね」

　お登勢がとりなした。するとそこへ、

「ごめん下さいまし」

美濃屋の半纏を着た男が現れた。

「私は美濃屋の番頭で吉蔵《きちぞう》と申します。主にかわっておかみさんをお迎えに参りました」

男は、お登勢と十四郎に挨拶し、お静に向いて、

「おかみさん、帰りましょう」

腕を取った。だが、お静はきっと吉蔵を見て、

「おまえは、旦那様の女好きを知っていながら、私に何も言いませんでした」

取り付く島もない言い方をした。

「申し訳ございません。まさかこんな大騒動になるなんて……。でもおかみさん。旦那様の味方をする訳ではございませんが、悪いのは笹子《ささご》屋さんでございますよ」

吉蔵は、お静の膝前に腰を落として、見上げるようにして言った。

「この期に及んで、人のせいにするなんて、おまえもどうかしています」

「いえ、おかみさん。話はややこしくなりますが、旦那様がおかみさんについての悩みを打ち明けたのでございますよ、笹子屋さんに……そうしたら、笹子屋さ

んは、そんな時には気晴らしをすればいいのだと、そうおっしゃって、半ばむりやり袖を引っ張って旦那様を連れていったのだそうでございます。ところがその笹子屋さんは、いま帳屋仲間になんと言っていると思います……美濃屋は色狂いした、もうあの店は終《しま》いだなどと言い触らしていると聞きました。離縁などすれば、なんと言われますか、商いは信用が第一です。ここはおかみさんに堪忍《かんにん》していただいて、家に戻っていただかないと美濃屋はお終いでございます」

「吉蔵といったな。その笹子屋とは何者だ」

横から十四郎が聞いた。

「同業者でございます」

「吉蔵、おやめなさい。笹子屋なんて、いまさら関係ありませんよ」

お静が、ぷいと横を向く。

「いや、そうでもないぞ」

金五が松波と入ってきた。

「お静さん、番頭さんの言うとおり家に帰った方がいい。ご亭主は笹子屋に嵌《は》められている」

「近藤様までそんな……」

「俺はあんたのことを思って言っている。けっしてご亭主の味方などしておらぬぞ。せっかく盛り上げてきた店じゃないか」

「そうですよ、おかみさん。美濃屋は夫婦仲がいい、だから大福帳も縁起がいいなどとお客様もおっしゃって、それで繁盛してきたんじゃありませんか」

吉蔵は必死の顔だ。

お静も、ああだこうだと諭されて、

「分かりました。数日のうちに、女ときっぱり縁を切ったら帰りますと、旦那様に伝えて下さい」

「承知しました。必ず旦那様に伝えます。それじゃあお登勢様、しばらくの間おかみさんをお願いします」

吉蔵は深々と腰を折ると「おさきちゃん」とおさきを伴って帰っていった。

「いい番頭さんじゃありませんか」

お登勢は誰に言うともなしに言った。

「十四郎、笹子屋はいま、質屋の佐野屋夫婦の殺しに関係があるのではないかと疑われているらしいぞ。そうだな、松波殿」

「うむ」

松波は頷いた。

慶光寺の手代が茶を置いて外に出ていくと、金五は、

「膝を崩してくれ。何、知った仲だ」

などと言い、自身も胡坐をかいて、十四郎と松波に茶を勧めた。

三人はたったいま、お登勢にお静を頼み、場所を橋屋から慶光寺の寺務所に移したばかり――。

松波の話を、お静に聞かせる訳にはいかないと、金五が気を利かしたのである。

「松波殿、それはまたどういう事です」

十四郎は一服した茶を置いた。

「十四郎殿は先日、富島町の佐野屋夫婦が心中したとされる刻限に、店から逃げていく男たちを見たというのは本当ですか」

「いかにも見た。それで、同心のなんていったか、伝えたのだが、相手にしてもらえなかった。それが何か」

「あれは心中などではござらん。配下の者が失礼を申したようだが、気になって調べてみたところ、傷口も腑に落ちないところがある」

「亭主が女房を殺して、自分の胸を突いたのではなかったのか」

「確かに、凶器とされる柳刃《やなぎば》包丁が落ちていた。血糊《ちのり》もついていたが、亭主の胸の傷があまりにも深い。誰かに刺されたとしか思えんのだ」

「ふむ」

「しかもだ。心中する理由が見当たらん。そこで店で預かっていた質物や書類を調べたところ、一部なくなっていることが分かったんだ」

「それに、笹子屋が関係しておるのか」

「おそらく……佐野屋の店の番頭の話では、笹子屋は店の沽券《こけん》を質に入れ、五百両もの大金を借りていたらしい。返済は滞《とどこお》って、沽券の所有が佐野屋に移る寸前だった。ところが、今申したとおり、その沽券も金の借用書もなくなっている」

「そうか……そういうことなら、美濃屋治兵衛もいいカモになっているのかもしれんな」

十四郎は腕を組んだ。治兵衛が子供屋に渡したという百両の金のことが気になった。治兵衛を子供屋に連れていったのは笹子屋だと聞いた。笹子屋と子供屋の主が繋がっていたとしたら、治兵衛は騙されているということになる。

金五も、同じことを考えていたのか、

「十四郎、松波殿の調べでは、笹子屋の房五郎《ふさごろう》は博打場に顔を出しているというぞ。金はいくらでも欲しい筈だ」

美濃屋の一件も早く手を打たないと、治兵衛はまだまだむしり取られるのではないかと言った。

「房五郎というのか、笹子屋は」

「そうだ。美濃屋治兵衛が大黒屋の番頭だった頃、房五郎は紙の仲買人として大黒屋に出入りしていたようだ。房五郎が店を持ったのは、美濃屋と同じ頃だと思うが、ああいう人間だから、店は閑古鳥《かんこどり》が鳴いておる」

松波は二人の話をとって説明すると、

「そこでだ、十四郎殿」

改まった顔を、十四郎に向けた。

「実は今日訪ねて参ったのは、笹子屋の店に十四郎殿が見た男たちがいるのかいないのか、それを確かめてほしいと思ったのだ」

「承知した」

「こちらも、駆け込み人に関する情報が入ったら、知らせます」

松波は腰を上げた。だがすぐに、何か思い出したというように、着座した。

「十四郎殿。貴殿が教えてくれた小田切とかいう浪人にも、配下の者が聞きにいったらしいんだが、打ち合った浪人が笹子屋と関係あるのかどうかは知らない、偶然出会ったのだと言ったそうだ。ひょっとしてそっちから、笹子屋の名があがるかと思ったのだが……」

「まさか、浪人の名も知らんとは言わなかっただろうな」

「渋々答えたそうだ。名は赤沢《あかざわ》佐内《さない》、もと亀山《かめやま》藩の者らしい」

「亀山藩……」

十四郎の胸が、コトリと鳴った。

忘れたくても忘れられない藩の名だった。

かれこれ六年にもなるが、許嫁だった雪乃が父親の仕官に伴い、旅立っていった藩が亀山藩だった。

十四郎も雪乃の父も、築山藩江戸屋敷に勤める定府《じょうふ》だったが、突然主家《しゅけ》が潰れ、ほとんどの藩士が行き場を失い浪人となった中で、雪乃の父は縁故によって亀山藩に仕官が叶った。

ただ、その仕官は、仲立ちしてくれた家の子息に雪乃を娶《めと》らせるということが条件だと聞き、十四郎は煩悶《はんもん》の末、別れを告げた。

いまだに、なにかの折に、ふっと雪乃との別れが思い出され、胸に迫ることがある。

――いま、雪乃は……。

いつのまにか、沈思黙考してしまった十四郎に、金五の声が飛んできた。

「十四郎、どうした」

「いやなに」

「おかしいぞ、おぬし」

金五が、訝しげな目を向け、苦笑した。

四

「旦那……」

縄暖簾『おたふく』の二階の小座敷に、お常《つね》の声がして障子が開いた。お常は手に盆を持ち、客から頼まれた肴を載せていた。

「来たのか」

十四郎は盃を置いた。

「はい」

お常はそれだけ言うと、階下に下りた。窓を開けて見下ろすと、お常はかたかたとちびた下駄の音を立て、差し向かいにある喜の字屋に消えた。

永代寺門前山本町、子供屋を張りこんで今日で四日。十四郎はその間、おたふくの二階の小座敷を借りて、終日、喜の字屋を見張っていた。

ようやく美濃屋治兵衛の女、おしのが喜の字屋に現れたと、それを今、お常という女が知らせてくれたのである。

お常は喜の字屋の賄《まかな》い婦で、五十過ぎの女だが、十四郎はこの女に一分《ぶ》の金を包み、治兵衛の女はおしのという名の人だと聞いている。

お常の話によれば、喜の字屋で男の相手をする女たちは、ほとんどが素人の女だといい、その素性も町場の女房や娘たち、それに浪人の妻などもいて、おしのという名は偽名かもしれないと忠告までしてくれた。

そういった女を、客は前もって指名することができるのだという。

指名が入ると、喜の字屋から貸本屋に扮した男が使いに立つ。女に時刻と相手の男の名を告げるためである。それで、決まった時刻に、男と女は逢瀬《おうせ》を重ねる仕組みになっていた。

　ただし、指名のない女は、自分の都合のよい日時に喜の字屋にやってきて、差配している捨蔵《すてぞう》の勧める男と時を過ごし、手当てをもらって帰っていく。

　玄人《くろうと》の女郎のいる子供屋とは違う新しい形の子供屋だが、女が素人ばかりだというのが受けて、店は繁盛しているようだ。

　十四郎は初め、喜の字屋の戸口の見える物陰で張り込んでいた。

　だが、おしのがやってくるのは、指名がなければ月に四、五回と聞き、お常に、おしのがやってきたら、おたふくの二階に知らせに来てほしいと頼んでおいたのである。

　おたふくには、喜の字屋にあがった客が肴を欲しいと言った時、お常がいちいち取りにくる。その時、十四郎に声を掛けたところで、誰も怪しむ者はいない筈だと、これはお常が知恵をくれた。

　それでもう一つ、十四郎はお常に頼んでみた。

　十四郎は、おしのがどんな女なのか一度も見たことはない。ところが喜の字屋にやって来る女たちは、日に十人余は数えている。

　お常に、ただおしのが来たと知らせてもらっても、どの女がそうなのか十四郎には見当もつかぬ。

そこで、おしのが中の仕事を終え、玄関を出たその時、もう一度知らせてほしいと頼んでみた。

お常は、一分の鼻薬《はなぐすり》が効いていたとみえ、二つ返事で頷いた。

それというのも、子供屋の主捨蔵が大の猫好きで、夜になると何匹かの野良猫が喜の字屋に寄って来る。

昼間は一匹も姿を見せない猫が、夕闇が迫ると、一匹二匹と集まって、あっちの路地、こっちの屋根に、じっと座って餌を待つ。

その餌を与えるのも、お常の役目で、毎夕お常は、欠けた器に残飯を入れて玄関から出て来て、ぴゅうっと口笛を吹く。

口笛とはいい難いかすれた音だが、その合図で猫たちが一目散に集まってきて、残飯をあさるのである。

猫に餌をやる時刻はまちまちで、お常の手が空いた時にやっているということだった。お常はそれを利用しようと言ったのである。

つまりお常が、餌をやる合図の口笛を吹いた時、喜の字屋から出てきた女がおしのだというのであった。

十四郎はいったん閉めた二階の障子を三寸ほど開け、窓際に座した。今連絡がきたばかりだから、おしのが出てくるのは一刻以上は先の話だが、今日を逃せばいつまた機会がめぐってくるか分からない。

懐には、治兵衛から預かった三十両の金が、袱紗に包まれておさまっている。

「もっと渡してやりたいのですが、店のこともあります。心残りではございますが手を切ります。せめてこの金を渡していただけませんか」

治兵衛はそう言って、十四郎の前に金を包んだ袱紗を置いた。

五十面《づら》した男が、目に涙をためてそう言った時、さすがの十四郎も胸が詰まった。

こんなに人のいい、純情な男を手玉にとるなんて、おしのという女はよほど腕のいい女だと、十四郎からみれば苦々しい限りである。

しかし、おしのがどんな女であるにしろ、治兵衛の長い人生の中で、おしのとの事は、たった一つ灯った、甘美で切ない貴重な体験だったに違いない。

――しかし、これでいいのだ。

深追いをすれば、必ず嫌な部分を見る事になる。男と女の終末は綺麗事ではすまされまい。燃え上がった時の別れは切ないには違いないが、治兵衛の場合、今別れたほうが、この先老いを迎えた時には、この一件はいっそうの輝きをみせる筈だ。

問題は、治兵衛を誘った笹子屋だ。

松波から頼まれた事もあって、一、二度笹子屋を覗いてみたが、例の男たちは見えなかった。

ただ、笹子屋房五郎は、しっかりと見た。背が低く、丸い顔に太い眉毛を持った男だが、店に腰を落ち着けて精を出す様子はなく、商いの方はさっぱりのようだった。

笹子屋は回向院の裏手にあたる松坂町《まつざかちょう》にある。その北東には武家屋敷が密集し、やりようによっては商いは繁盛する筈であった。

ところが、美濃屋の客筋や客の数に比べると、店の勢いには格段の差があった。

松波は、佐野屋殺しは房五郎に違いないと言っていた。もう少し念をいれて張り込めば、あの賊どもと房五郎の繫がりが摑めるかもしれぬ。

そのためにも、早くこちらを片付けたいという思いが、十四郎にはあった。

待つことおよそ一刻半（三時間）、野良猫が餌を待ちくたびれて、子供屋の玄関近くをうろつき始めたその時、戸が開いてお常が手に器を抱えて現れた。

お常は、ちらっと十四郎が居る縄暖簾の二階に目を遣《や》ると、いつものようにびゅうと口笛を吹いた。

猫たちが我先に餌をむさぼり始めたその時、一人の女が中から出て来、お常に頭を下げると、いったん辺りを窺ってのち、静かに路地に踏み出した。

女は紫の頭巾を被っていて、化粧の濃い白い顔がちらっと見えただけで面相は確かめようもなかったが、お常が知らせてくれたのだ、おしのという女に間違いなかった。

十四郎は階段をかけ降りて金を払い、おしのの後を尾けた。

おしのは、路地から外の通りに出るまでは、おずおずとして、どこかに人目を憚るような後ろ姿を見せていたが、黒江町《くろえちょう》に入り、八幡橋《はちまんばし》を渡る頃には、背筋を伸ばし、どこかで用足しでもして帰るような、そんな歩きっぷりに変わっていた。

まだ刻限は六ツ半（午後七時）あたり、人通りも多く、十四郎はどこで女に声をかけようか思いあぐねて尾けていたが、そのうち、おしのという女が、どこに住み、どんな境遇の女か知りたくなった。

それというのも、おしのの品のいい腰の動きを眺めているうちに、治兵衛が言った話は、まんざら嘘ではないかもしれないという気がしてきたのである。男の相手をして金を貰う女が持つ雰囲気には、共通したものがある。素人の女であっても、そういった仕事を重ねていると、本人は気づいていないだろうが、傍《はた》から見れば、どことなく体にまとっている男好きのする、淫靡《いんび》な色は隠しようがない。

ところが、前を行くおしのには、そういうものが稀薄だった。むしろ慎ましい感じがして、十四郎の興味を大いに引いたのである。

まもなくおしのは、隅田川に出た。北に向かうのかと思ったら、永代橋を渡っていく。

――そうか、住まいは橋の向こうか。

なんとなく、おしのの気持ちが知れた。隅田川を渡って子供屋にやってくるのは、人目を憚ってのことだ。橋の向こうと手前では、日常の生活圏は全く違う。見知った人に会うこともない。

尾けているうちに、おしのがそういう心配りをした女である事が嬉しかった。治兵衛のためというよりは、尾けている己自身がそう思った。

――やや。

橋を渡り切ったところで、十四郎は足を止めて背を向けた。

永代橋の西詰には広小路がある。高札場《こうさつば》と船番所《ふなばんしょ》もあり、ここから八丈島《はちじょうじま》などへ流される流人船《るにんせん》が出るのだが、広小路口には『永代団子』の店があった。

おしのは、その店の表に出した箱看板の灯を頼りにして、化粧を落としはじめたようだった。

掌大の小さな手鏡をそっと覗き、手巾かなにかで丹念に化粧を落としていく。

十四郎は、時折体を横に向け、首をねじっておしのの背に目をやっていたが、ふいにおしのが通りを向いて、淡い灯の光にその横顔を映した時、十四郎は息を呑んだ。

——雪乃！……。

心の臓が止まったかに思えたほどだ。

おしのは、あの、許嫁だった雪乃であった。

まさか、こんな所で出会うとは……青天《せいてん》の霹靂《へきれき》とはこのことである。

愕然として雪乃の姿を見送ったが、いっとき追尾も忘れて立ちすくんだ。心が冷えていく中で、動悸《どうき》だけが胸に響き、息苦しい。

血の気が引き、白い顔をして呆然とたたずむ十四郎の姿は、孤影悄然《こえいしょうぜん》として、人には奇異《きい》に映った筈だ。

我に返った時には、雪乃の姿は、すでに遠くに消えていた。

――いかん。

と思った。反射的に走り出して、雪乃の姿を追った。なぜか大地を蹴る足の感触が届いてこない。それでも走った。

再び雪乃の姿を捉えたのは、箱崎《はこざき》橋の袂であった。

おしのが雪乃であったとしても、懐にある三十両を渡さねばならぬ。

十四郎は黙然として、後を追った。

しかし、雪乃が小網町《こあみちょう》から思案《しあん》橋にかかったところで、十四郎は再び激しい動悸を覚えた。

思案橋を渡れば、堀江町である。

――まさか……。

そのまさかが的中した。

雪乃は、堀江町一丁目の角の、葉茶屋の裏店の木戸をくぐった。

小田切が入った、あの木戸から三つ目の長屋の戸口で、頭巾を取り、袂にしまうと、

「ただいま帰りました」

と、中に入った。

「遅い。今まで、どこで、何をしていた！」

小田切の怒声が聞こえた。

「お許し下さいませ。仕立て物が出来上がりましたので、それを届けにいって参りました……」

雪乃が言い終わらないうちに、何かが激しく土間にぶつけられる音がした。同時に、あっという雪乃の悲鳴――。

「嘘をつくな。俺は騙《だま》されんぞ。雪乃」

「おやめ下されませ。放して下さい」

声を殺した雪乃の声が、表まで聞こえてくる。

――雪乃は、幸せではない。

ひきかえそうとした十四郎は、そのままそこに佇んだ。

――何故だ……何故こうなった。

胸は、掻きむしられるように痛い。

こんな男に雪乃を渡すために、俺は雪乃を抱くことを諦めたのか。

品川《しながわ》で別れたあの時、身を切られるような思いで見送ったのも、その先にある雪乃の幸せを祈ったからだ。

熱い衝動にかられながら、それを押しとどめ、夫となる人のために綺麗な体のままで雪乃を行かせた俺は——。

十四郎は拳を握って、雪乃が消えた裏店の戸を睨んだ。

やがて、雪乃のすすり泣く声が聞こえてきた。すると、

「雪乃、許してくれ。俺が悪かった」

小田切の哀願にも似た切ない声が、雪乃の側に近づいたようだった。

十四郎は、そこから追われるように、踵《きびす》を返した。

五

「親父、俺の言ったことが聞こえてないのか」

十四郎は、飲み屋の主が持ってきた銚子を、乱暴に取った。

「俺は、どんどん持ってこいと言ったろう……ん」

湯のみ茶碗に、銚子を振って盃に酒を空けながら聞く。親父は、ちらと十四郎

に目を遣って顔をしかめた。

「なんだその顔は……何を言いたい」

「旦那……」

　親父はちょっと言い澱むが、溜め息をつくと、一気に言った。

「うちは、お客さんにお酒を飲んでいただいて商っているお店でございますから、そりゃあ、いくらでもお願いしたいところですがね。さっきから見てましたら、旦那の飲み方はいただけねえ。うちに来た時から、足、とられていたんじゃござんせんか。もうそれくらいにしなすった方が身のためです」

「俺に意見をするのか、おまえは」

「いえいえ、とんでもございませんよ。あっしは旦那の体のことを案じているのでございます」

「俺の体……俺の体を、見ず知らずのおまえが心配してくれるというのか、笑わせるな」

　十四郎は、くだくだ言いながらも、今持ってきた酒は飲み干して、銚子を親父の面前に突き出した。

「さっさと、持ってこい」

「いえ。これで、お仕舞いにしていただきます」

親父は、きっぱりと言った。一歩も引かないと親父の目が十四郎を見据えている。厳しい顔付きだった。

「なんだと……」

十四郎は立ち上がったが、均衡を崩して、すぐにまたそこに座った。動いたのが悪かったのか、急に胸が悪くなった。親父を見上げると、天井と一緒に歪んでいる。

「いけねえ。お里《さと》ちゃん、ちょっと手を貸してくれ」

親父の声が遠くで聞こえたようだった。店の中で弾けていた喧騒《けんそう》も、なぜか親父の声とともに、十四郎のまわりから遠ざかっていった。

同時に、胸をつきあげる悪心《おしん》がきた。

すると、十四郎の両脇を抱えていた二人が、どたどたと走り、ガラリと裏口の戸を開けたところで、十四郎の口から汚物が吹き出した。

親父は、十四郎の背をさすりながら言った。

「今に楽になります。大丈夫でさ」

親父の声は、幼い子供に言い聞かせる、優しい父親の声音になっていた。

――すまぬ。

その一言も告げられず、十四郎は何度も寄せては引いていく吐き気に襲われ、涙が出てきた。だが、その涙は、汚物を吐き出す時の苦痛からきたものだけではなくて、こんなところで、年老いた親父に介抱してもらっている自身の情けなさと、親父の温かい心が身に染みたからだった。

気分が多少おさまったのは、夜半を過ぎたころだろうか。うとうととしていた目を開けると、四畳半の小さな座敷に横になっていて、親父が火鉢の前で、一人煙草を吸っていた。

「いかがです……少しは楽になりましたか」

親父は、熱い茶を差し出した。

「梅干しが入っていますよ」

親父は言い、皺《しわ》くちゃだらけの顔を向けた。

「造作をかけた。すまなかったな、親父」

頭を下げて刀を摑んだ十四郎に、親父がまたぽつりと言った。

「もうとっくに長屋の木戸は閉まってますぜ、旦那。こんな汚いところですが、今夜はここに泊まって帰りなせえ」

「しかし……」

「なあに、遠慮はいらねえ。あっしは一人暮らしだ。明日になって帰ればいい」

十四郎は立てていた膝を戻した。

「明日からは、気分を変えて……そうしなせえ」

「親父……」

「いいんだ。あっしも久し振りに、倅《せがれ》がけえったような気がしております。生きていれば、ちょうど旦那ぐらいでございやしたからね」

「倅がいたのか……」

「へい。馬鹿息子ですが、あっしにとっちゃあ大事な倅でございました」

「なぜ亡くなったのだ」

「女ですよ」

「女……」

「よくない女に惚れ抜いて、その女に裏切られて、あいつは首、括《くく》っちまいました。こんな馬鹿がおりますか」

「……」

「あっしはね、旦那。若い者の気持ちが分からねえ訳じゃねえ。だが世の中、どうにもならねえ事だってありますよ。特に男と女の仲は、計算どおりにいくもんじゃねえ。いま一人の女とうまくいかなかったといっても、先にはまたどんな女に巡り合えるか知れたものじゃあねえ。そういった話を倅にもこんこんと聞かせてやったんですがね、あいつは……」

「そうか……」

「あっしの躾《しつけ》が悪かったんでしょう。つまらねえことで死んじまって……それ以来、一人暮らしなんでさ」

「辛いことを聞いてしまった」

「とんでもねえ。馬鹿息子だが、一日だって忘れたことはねえ。だが、そんな昔の話をする相手もいねえ。旦那に聞いてもらって、少しは気が紛れやした」

「俺も、両親を失っている。親父さんの親切は忘れぬ」

親父は苦笑した。そして茶を啜り、煙草を喫《の》み、しばらく黙然としてその動作を繰り返していたが、

「旦那、なにがあったか知りませんが、今夜、腹から吐き出したものは、腹の中の汚物じゃねえ。ここにあったものを全部出し尽くしたと、そう思いなせえ」

親父は、自分の胸を叩いた。

「馬鹿息子は、うちの倅だけで十分だ」

十四郎はふっと笑った。すると親父もつられて微笑を口元に置き、

「さあて、寝るか」

息子に呟くように言い、煙管を火鉢の縁に叩き付けた。

「お手数をおかけ申しました。これは昨夜の酒代でございます。どうぞお納め下さいませ」

お登勢は親父の前に手をつくと、紙に包んだ謝礼を置いた。

親父は、それじゃあ、というように押し頂くと、

「あっしは仕込みの用意がございますので、これで……」

と、部屋の外に消えた。

部屋は板場の裏手にあって、親父が店で動くのが手にとるように聞こえてきた。

「すまぬ」

十四郎は、お登勢に頭を下げると、

「しかしなぜ、俺がここにいると知ったのだ」

「昨夜のうちに知らせを受けておりました。十四郎様がおっしゃったのでござい

ましょう……持ち金がなくなった、すまんが、橋屋に取りにいって貰えないかと」

「そうだったのか。しかし親父も、だからといってお登勢殿に知らせるとは……」

「お金より、心配なさったのではないでしょうか。ずいぶん無茶な飲み方をなさったと聞いておりますし……」

「………」

「十四郎様。いったい、何があったのですか」

「別に……つい、飲み過ぎたのだ」

「そうですか。で、治兵衛さんのことは決着がついたのですね」

「いや、それが」

「おや、まだですか」

「おしのはまだ現れてはおらぬ」

「それなのに十四郎様は、昨夜はあちらこちらをはしごなさって、しまいにここで倒れたというのですね」

「謝る。何、今から出かけようと思っていたところだ」

「十四郎様」

お登勢は厳しい顔を向けた。

「私は、なにがどうあっても、仕事をおろそかになさるような方にお願いしたくありません。橘屋の体面も考えて下さいませ」

「だから、今から出かけると言っている」

思わず声が大きくなった。怒気《どき》を含んだ声だった。ふがいない昨夜の失態を隠したい気持ちが、そうさせた。お登勢に見透かされるのが怖かった。

するとお登勢は、

「いいえ。こんどばかりは十四郎様、あなた様にはこの一件から外れていただきます」

冷たく言った。

「お登勢殿……」

「袱紗をこちらへ」

お登勢は、どうあっても、聞く耳を持たないらしい。

十四郎は、憮然として、懐にあった三十両の包みを置いた。

お登勢は、それを手提げ袋にしまいこむと、さっさと表に出ていった。

――なんだ、あの女は……見損なったぞ。

十四郎は、心の中で悪態をついた。

実際、この一年、お登勢のあんな態度は見たことがなかった。

世の中の不条理には毅然として立ち向かい、悪に対しては冷徹な鉄槌を下すお登勢は、弱い者にはどこまでも優しかった。お登勢の心遣いで、傷ついた者たちがどれほど助かったかしれない。

――それを……たった一回酔いつぶれたといって、俺の気持ちも分からぬくせに。

と、またのしって、しかしお登勢が理解できないのは当たり前のことだと思った。失態の理由を明かせば、お登勢だってあんな態度はとらぬ。

――俺も、どうかしている。

十四郎は、いま出てきた飲み屋を振り返った。

今朝の今朝まで、ここはどのあたりの飲み屋なのかと、それさえ分からない状態だった。

店は、目の前に千鳥《ちどり》橋があり、荷を積んだ舟が左に下っていっているところを見ると、ここは橘町《たちばなちょう》ということだ。

十四郎は昨夜、堀江町の裏店を逃げるように離れたが、悶々《もんもん》として歩いているうちに、あっちの店、こっちの店と立ち寄りながらも、米沢町の自分の裏店に向かっていたという事になる。

腹から吐き出したものは、腹の中の汚物ではなく、胸のうちにあるものだと思いなせえ――と言った親父の言葉が頭をよぎり、十四郎の胸をまた熱くしていた。

六

「小田切の親友とは、貴殿でござるか」

愛宕《あたご》下大名小路の亀山藩藩邸御門前で、待っていた十四郎に近づいてきたのは、中年の武家だった。

「いかにも……といっても、私は小田切の内儀雪乃の縁戚の者でござる」

「ほう、小田切のお内儀のな……」

武家は、じろりと十四郎を見た。腕を組んで見下ろすように見詰めた目に、不審な色が浮かんでいる。

「いや、ご覧の通りの浪人だが、昔、雪乃の父と同じ藩に勤めておった、塙十四郎と申す者」

　ははーん……と、武家は組んでいた腕を解いた。浪人とはいえ、こざっぱりした身形《みなり》の十四郎を見て、少なくとも胡乱《うろん》な人間ではないと思ったようだ。こんなこともあろうかと、今日はお登勢から貰った着物を着ていたのが功を奏したようだった。

「で、何のご用でござる」

「実は、つい先日の事でござるが、江戸に戻っている雪乃夫婦に偶然会った。聞けば敵を追う身、しかし雪乃の夫は私の見た限りでは、労咳を病んでおる。そんな身で敵討ちなどできようか……とまあ、こちらも夫婦の身を案じまして、いろいろと尋ねてみたのだが、遠い親戚にまで迷惑はかけられぬ、そう申しまして詳しい話はしたがらぬ。私はできれば助勢したいと考えている。とはいえ、経緯《いきさつ》を知っておかねば助勢のしようもござらぬゆえ、ぜひ事の次第をお聞きしたくて参りました。雪乃夫婦の幸せを願うあまりの押しかけでござるが、お聞き届け願えませんか」

　じっと見た。

　武家はしばらく考えていたが、頷いた。

雪乃の夫、小田切伝八《でんぱち》の父作左衛門《さくざえもん》は、三年前、藩の中央を流れる大川の護岸工事に着手した。大川は藩内を幾度も蛇行して流れているため、台風が来る度に、大川の両側の田畑は水浸しとなっていた。工事はその岸を補強するためのものだった。

実はこの話、その先年に藩主が国元に帰ってきた折、大川の工事をどう施すのか協議が行われたが、協議はまっぷたつに割れていた。

上流を堰《せ》きとめて大川の水の流れを調整した方がいいという者たちと、川の流れをできるだけ真っ直ぐにして、水の流れの抵抗をなくせば、洪水は免れると主張する者たちだった。

小田切作左衛門は、川の流れをできるだけ、真っ直ぐにすると主張する一派だった。上流の堰が、もしも決壊した時には、被害は今の比ではないと主張したのである。

結局、協議は作左衛門たちの主張が通り、作左衛門は作事方の責任者の一人となって、その手腕を揮《ふる》う事になったのである。

ところが工事を始めてまもなく、作左衛門は反対派の首謀の一人だった赤沢佐内と城下で口論となり、その場で赤沢に斬られたのである。

雪乃の夫伝八は、早くから文才を認められ、父の家督を継ぐまでもなく、奥祐《おくゆう》筆《ひっ》見習いとして出仕していた。父の家禄とは別に、五十石を賜っており、藩内では恵まれた男だった。

だが、父を斬られたばかりに、藩には長いお暇を願い、今日に至っているという。ただ、伝八の仇討《あだう》ちは、伝八だけの問題ではない色合いを秘めていた。

護岸工事は、協議を重ねた上での決定事項。藩主も納得していた訳で、それに携わる要を斬られた藩主は激怒した。

藩主は、作左衛門を斬ったその足で出奔した赤沢に追っ手をかけたが、赤沢はすでに国境を越えていた。

激昂《げっこう》した藩主は、赤沢の家族を即刻追放、小田切伝八にも、

「みごと本懐《ほんかい》を遂げるまでは、藩内には立ち入るな。失敗すれば、おまえの家族も追放する。これは藩命だ、上意《じょうい》だと心得よ」

と、厳しく言い渡した。

亀山藩の藩主はもともと気の短い人だった。それが、小田切に多大な負担を掛けたのである。

「そういう訳でな。ただ、数日前に仇討ち免状は出ておるからして、果たし合い

は近々あるのではと、藩邸内の者たちも期待しておる」

武家は憫笑を浮かべて言った。小田切に討てる筈がないという顔だった。

「小田切は剣術は出来るのでしょうか」

「さあ、それは知らぬが、赤沢は藩内でも有数の遣い手だ」

「そうですか。いや、ありがとうございました」

十四郎は頭を下げた。

「武運を、お祈り申す」

武家はそう言うと、藩邸の御門に消えた。

仇討ちの助っ人は、雪乃への最後の情け。小田切のためではなく、雪乃のためだ。

子供屋で見知らぬ男に体を許し、夫と二人の生活を支えている雪乃の姿を知ったいま、十四郎がしてやれることは一つ、小田切が無事本懐を遂げる手助けをしてやることだった。

永代橋の西の袂で、人目を憚りながら化粧を落とす雪乃など、もう二度と見たくなかった。

——俺の、心の中に生きていた雪乃は、もういない。

失望と落胆と、怒りと、そして嫉妬に襲われながらも、十四郎はようやくここにきて、一つの道を探りあてたのである。

金五から呼び出しがあったのは、その日の夕、十四郎が三ツ屋の二階の小座敷に出向くと、

「来たか……まあ、座れ」

金五は難しい顔で促した。

「お登勢殿の使いか」

座るやいなや、十四郎はとんがった言い方をした。

「何を言ってるんだ、おぬしは……馬鹿な奴だ」

「何が馬鹿だ。何も知らぬくせに知ったような口を利くな」

「俺が何も知らぬと思っているのか、十四郎」

金五はじっと見詰めた後、

「治兵衛の相方だった女は名をおしのというらしいが、本当の名は雪乃……」

と、言った。

「金五……」

「先だって松波さんの口から、亀山藩の名が出た時、おぬしの顔色が変わった。おやっと思ったんだ。それで思い出した。許嫁と別れた話をな。いつだったか、酒を飲みながら言ったろう、許嫁の雪乃殿は亀山藩に行ったんだと。しかし、おしのという人が、まさか雪乃殿だったなんて事は、おぬしもそうだろうが、俺も考えてもみなかった。ただ、これはおぬしには言わなかったが、松波さんから、伝八には妻がいて、その人は雪乃という名の人だという事は、聞いていた。しかしその時も、おぬしの許嫁だった人だなんてことは思いもしなかった。そりゃあそうだろう。この世の中には同じ名を持つ人間はたくさんいる。ところがだ。治兵衛の女を追っていったおぬしが、伝八の妻だったとそこまでつきとめながら、話もつけずに自棄酒《やけざけ》を飲んで前後不覚になったという……おぬしが、おしのを追っていった事は、藤七があの後、喜の字屋の女……なんていったか、賄い婦から聞いてきたんだ」

「……………」

「それで、俺はぴんときた。だいたい、お登勢から、おぬしが飲んだくれて酔いつぶれ、飲み屋に払う金もないらしいから、今から迎えにいくんだという話を聞いた時から、おかしいと思っていたよ」

「やめろ」

十四郎はいたたまれなくなって、遮った。

「まあ聞け……おぬしは、お登勢から今度の仕事を外されて、気を悪くしているようだが、おぬしを外したのは、お登勢の思いやりだぞ」

「金五、おぬし、そういう話をお登勢殿にしたのか」

「馬鹿、する訳がないだろう」

「……」

「勘のいい女だ。それに、お登勢の探索能力には舌を巻く時がある。どうして、そこまで調べることができるのかと……」

十四郎は苦笑した。金五は楽翁の存在には気づいていない──。

「何を笑っているのだ。まあ、おぬしが来てからは、おぬしに頼っているところもあるようだが……お登勢はそういう人だ。おおよその見当はついているのじゃないか……しかしだ」

金五はそこまで話すと、懐から袱紗の包みを出して、十四郎の前に置いた。袱紗は、治兵衛から預かっていた、あの袱紗だった。

「十四郎、この仕事はおぬしの役目だ」

「おぬしのためだ。自分で決着させろ。お登勢は反対したが、俺がお登勢を説き伏せた」

「そうだったのか……すまぬ。実は俺も、俺なりの決着をつけようとしていたところだった」

「よし、それでこそ俺の親友だ。しかし水臭いぞ、おぬし」

金五は固い表情をようやく解いて苦笑した。金五の顔には、親友の十四郎のために必死になって思いを語り、それが通じたという安堵が見えた。

熱いものが、十四郎の胸を駆け抜けた。それを噛み締めるように、目の前の茶碗をとって、冷えた茶を喉に流しこんだ時、松波が現れた。

「おう、これは塙殿もおられたか、ちょうど良い。近藤殿、知らせたい事があって参ったのだ」

松波はお登勢からこの場所を聞いたと言い、座るとすぐに、

「喜の字屋は、笹子屋の房五郎がやっている店だと分かったぞ」

と、二人を見渡した。

「本当ですか」

「金五……」

金五も膝を直して松波に聞いた。

いま解けた緊張が、一瞬にして再び部屋を包んだ。

松波は、房五郎に誘われて喜の字屋に通い詰め、女と手が切れなくなって、最後には脅されて百両、二百両と金をとられた商人がいる。いま橘屋が関わっている美濃屋治兵衛もきっとそういう目に遭わされるに違いない。覚悟しておいたほうがいいと言い、

「喜の字屋の女たちは素人の女ばかりだ。亭主持ちの女も多い。その女を使って、房五郎は不義密通を言い立てるのだ。商売女ならそんな手も使えぬが、亭主持ちの素人女なら、やりようによっては脅しに使えるという訳だ」

「汚い奴め……松波殿、佐野屋殺しの一件で、房五郎を引っ張ることはまだできないのですか」

金五が、せっつくように膝を寄せた。

「それだが、佐野屋が殺された晩、浪人一人と町人の男二人が店の中をひっくり返していたことは知れた。店の飯炊き婆さんが思い出したと言い出したんだ」

「まったく……」

金五があきれ顔で、溜め息をついた。

「私は、婆さんは忘れていたのではなく、怖くて言えなかったんだろうと思っている。しかしこれで、賊の三人と房五郎との繋がりが摑めれば、即座に捕縛する事ができる」

「松波殿、その浪人だが、赤沢佐内という男は小田切の敵だ。小田切は、赤沢がどこに住み、だれとかかわって生きているのか知っている筈だ」

十四郎は、その線から房五郎との繋がりを確かめる方が早道ではないかと言った。

「その通りだが、再度聞いても小田切は知らぬという。おそらく、赤沢を敵と狙っているからだろう。赤沢を捕縛されれば敵討ちは叶わぬ」

「ふむ……」

十四郎は腕を組んだ。だがすぐにその腕を解いて、

「松波殿、私が小田切を説得してみましょう。むろん、小田切の望みも叶えられるような形でないと納得はしないとは存ずるが、いかがでござる」

「やってくれるか」

松波は頷いた。

「では……」

十四郎は、袱紗の包みを懐に忍ばせると、二人を置いて三ツ屋を出た。

金は、懐の中でずしりと重い。その重さには、この金に込める治兵衛のおしのへの情けに加え、お登勢の、金五の、そして自身のそれぞれの思いが付加されたようだった。

七

小料理屋『花井《はない》』の奥座敷は静かだった。

この店が永代橋の橋袂にあるとは思えないほど、外の喧騒も聞こえてこない。

耳朶《じだ》に触れるものはただ一つ、座敷の前庭にしつらえてある筧《かけひ》の音、水を溜めた青竹が、その重さに抗しきれずに蹲踞《つくばい》に頭を打ち付けるのが間断《かんだん》なく響いてくる。

十四郎は、それを聞くとはなしに聞きながら、黙然として座る雪乃を見ていた。

この座敷に入り、四半刻はたつが、雪乃は手を膝に置いたまま、身動ぎもせず俯いている。

雪乃の膝前には、昨夕金五から再び預かった治兵衛の金三十両が入った袱紗が置いてあるが、雪乃はちらりと一度黙視しただけである。

十四郎は雪乃を、喜の字屋の賄い婦、お常を使って今日の昼過ぎ呼び出した。

永代橋の西詰で、待っていた十四郎を見た雪乃は、息も止まらんばかりに驚いた。

「話がある」

十四郎はそう言うと、先にたって花井に入った。

雪乃が黙ってついてきたのは、十四郎が喜の字屋の客かもしれないという思いがあったのかもしれない。

自分の意思では客は断れないほど、雪乃は喜の字屋に頼った生活を送っているようだった。

しかし、部屋に入ってすぐに、治兵衛の使いだと言い袱紗を差し出すと、雪乃は初めてことの次第を察したようだ。

「何も聞かぬ。言わなくてもいい。これを受け取ってもらいたい」

十四郎は言った。声はうわずっていた。いまさら動ずる筈がないと思っていたが、そうではなかった。

息を整えて筧の音を聞くうちに、ようやく心は静まったが、雪乃はというと、返事すらしない。血の気のない顔を見せて黙座していた。

一瞥《いちべつ》するに、雪乃の目元や口元には、まだ昔の可憐さが残っていた。この可愛らしさに、十四郎は一も二もなく、心を奪われたのである。

しかし雪乃の体は、当然だが、昔とはずいぶん違っているように見えた。しっとりと肉がつき、手を置いている膝は、男を知った女の艶《なまめ》かしいものがまとわりついて、扇情的でさえあった。

十四郎は目を逸らした。見るのは辛かった。

膝を起こして、前庭の見える障子を開けようとしたその時、

「十四郎様……」

雪乃が手をついた。

「お許し下さいませ」

思い詰めた声を発して、堰を切ったように泣きだした。

「雪乃殿……手をあげられよ。そなたは、何も俺に謝ることはない。俺がここに来たのは、この金をそなたに渡してほしいと頼まれたからだ」

起こした膝を元に戻して、十四郎は言った。

雪乃はいやいやをして、肩を震わせている。

雪乃にしてみれば、これほど屈辱的なことはないだろう。治兵衛から頼まれた金を、十四郎が預かってくるということは、人にも言えぬ雪乃の闇を、十四郎が知っているということになる。

だが、雪乃をその闇に送り込んだのは、十四郎であり、雪乃の父であり、小田切だろう。

雪乃の罪をどうして責める事ができようか。

一番の罪は小田切だ。雪乃の窮状を、どうして汲んでやることができなかったのかと腹立たしい。

だが、痛棒《つうぼう》の一つも食らわせたいその小田切に、十四郎はここに来るまでに会ってきた。

十四郎は、小田切が堀江町の町医者の診察を終えて出てきたところを待ち伏せて、近くの空き地に誘ったのである。

小田切は、十四郎の姿を見た途端、咳き込んだ。ぜいぜい言いながら、何の用でしょうかと聞いた。

「おぬしの病は、ほんとうに労咳か」

十四郎の声は厳しかった。

「何を申される。見ての通り、苦しんでおる」

「さて……俺がお医師に聞いたところでは、首を傾げておったぞ」

小田切は、ぎょっとして、十四郎を見た。十四郎は小田切を見据えて言った。

「お医師は、心の病からくる咳ではないかと申しておった。おぬしは敵を追う身、しかし内心では仇討ちなど恐ろしくてしたくない。逃げ出したいくらいだ。その心が、そういう形で現れているのではないのか」

じっと見た。

「正直に申されよ」

「貴殿はいったい……」

小田切は狼狽《ろうばい》していた。

十四郎は、小田切の逃げ場を遮った後、なぜ待ち伏せしていたのか、その訳を語った。

実は自分は、雪乃の父親とは築山藩邸でよく見知った仲だった。先だって貴殿を送っていったが気になって、後日裏店を訪ねたところ、雪乃と夫婦だと知り驚いた。しかも敵を追っていると知った。だから雪乃のために、加勢したいのだと申し入れた。

小田切は突然助っ人を買って出た十四郎に驚いたようだった。だが小田切は、

「かたじけない、願ってもない話でござる」

腰を折らんばかりに頭を下げた。

「貴殿のおっしゃる通り、私の病は心の病……。実は私は、幼い頃から剣の修行など大っ嫌いでござりました。太平の世の中で必要なのは武芸ではなく文芸だと高を括っておりました。まさかこのような事態になろうとは……ですから、病に冒されれば仇討ちをしなくてもすむのでは……それればかり望んでおりましたら、本当に咳が出てきたのでござります。国元を出たのは三年前、路銀も使い果たして、雪乃を呼び寄せましたが、恥ずかしながらそういう事で、いま家を支えているのは雪乃でござる。それなのに私は、病を理由に、仇討ちを一日延ばしにしております。貴殿に助けていただいた折りは、あの日の朝、雪乃とやり合いまして、やけっぱちになって立ち向かったのでござる」

と、臆面もなく弱さを吐露する小田切の情けなさ。

「敵を討ちたい気持ちはあるのですな」

十四郎は厳しい口調で念を押した。

小田切は、弱々しく頷いた。

この時、敵の赤沢は笹子屋の用心棒だと、十四郎は聞き出した。

　――あとは目の前にいる雪乃に、今の生活に終止符を打たせることだ。

「雪乃殿。この金は治兵衛の最後の思いやりだ。いや、治兵衛の気持ちもそれで決着がつく。頂きなさい」

　十四郎はそう言った後、小田切とはひょんな事から知りあって、雪乃の夫だと知り驚いたこと、しかも敵を追っていると知り、つい先刻助太刀を約束してきたと言った。

　雪乃はじっと聞いていたが、

「そういうことでしたら尚更でございます。頂けませぬ。十四郎様が敵討ちに加勢して下さるのならば、もうお金は少しも必要ございません」

　雪乃は顔をあげた。黒い瞳に膨れ上がった涙を堪《こら》え、武士の妻らしい毅然とした顔を向けた。

「雪乃殿……」

「十四郎様。小田切もわたくしも、本懐を遂げることができたなら、もう他には何も望んではおりません。この三年間というもの、頭にあるのはそれだけでした」

雪乃は小田切の臆病を知らぬのか、訴えるその言葉は一途だった。敵を討つという意志も、小田切よりはるかに強固なものが見てとれた。

雪乃は、ふっと苦笑すると、話を継いだ。

「十四郎様とお別れして亀山藩に参りまして、父に小田切との縁談を勧められた時、わたくしは自分の運命を呪いました。十四郎様を恨みました。でも、あの人と夫婦になって、子供ができて……それでわたくしも、ようやく決心がつきました。息子のために、それだけに生きようと……」

「ご子息がおありか」

「はい。国元で小田切の母と暮らしております。仇討ちを果たせば、お家の再興も叶います。息子の行く末が約束されます」

雪乃は一人の母として訴えていた。

本人は気づいていないが、ただ一念に母としての思いを訴えれば訴えるほど、小田切との夫婦生活が知れ、哀れだった。

十四郎は袱紗を摑んで、自身の懐に入れた。

雪乃の、武家の妻としての意地を通してやりたい、そう思った。

「そうですか。お国に帰られるのでございますか。そういう事でしたら、何も私が申し上げることはございません」

大戸を下ろした帳屋美濃屋の店の中で、治兵衛は十四郎が持ち帰った袱紗を引き取った。

治兵衛にはむろん、おしのが武家の妻女で雪乃だった事や、まして敵を追う身などという事情は話していない。

それでも治兵衛は納得してくれたようだった。帳屋の寄り合いで上席に座る商人の顔に戻っていた。

これで、お静がこの家に戻れば、治兵衛夫婦の決着はつく。

ほっとしたのも束の間、潜り戸から遊び人風の男が顔だけ出して治兵衛を呼んだ。

「治兵衛さんだね。ちょっと来てくれ」

男は顎をしゃくると体を引いて、戸口の向こうで治兵衛の出てくるのを待っているようだった。

だがこの時、男の髪がきらっと光ったのを十四郎は見た。男は女物の銀のかんざしを挿していた。

――あいつだ。

質屋の佐野屋から飛び出してきた町人の一人、あの時頭が光ったのは、かんざしだったのだ。

十四郎は、蒼白の顔で立ち尽くす治兵衛に頷いた。

治兵衛は、はっと我にかえって、外に出た。

時にして、十数えるか数えないうちに、暗い顔をした治兵衛が戻ってきた。

「どうした」

「脅迫です」

「何と言ってきた」

「おしのは人の女房だったんだ。不義を訴えられるのがいやだったら金を出せと」

「どう返事した」

「要求されたのは五百両です。とてもそんな金は都合がつけられないと申しました。そうしたら、身代《しんだい》があるじゃないかと……十四郎様、もう美濃屋は終わりでございます」

「まあ待て、おまえは橘屋に行くんだ。俺もすぐ帰る」

十四郎はそう言うと、急いで外に出て見渡した。かんざしの男はいま右手へ折れるところだった。

十四郎は追尾した。

かんざしの男は、灯の色に染まった町の通りをどこかに遊びにでも行くように、着物の上前の裾をちょいと摘まんで、ひょいひょいと飛ぶように弾んで歩き、時々、すれちがう女たちをからかった。

その度に、頭のかんざしが、きらりと光る。

きざな男だった。しかも男は、脅しが罪だということなど、微塵も考えていないようだ。

男は竪川にかかる一ツ目之橋を渡ると、相生町《あいおいちょう》を抜け、松坂町の笹子屋のくぐり戸を二度ほど叩いた。

すると、戸が開いて、中から浪人が顔を出した。紛れもなくその顔は、栄稲荷で小田切と討ち合った赤沢だった。赤沢は、かんざしの男を戸の内に引き入れると、用心深く店の前を見渡した後、戸を閉めた。

――やはり、笹子屋の手の者だったか。

十四郎は、身を隠していた路地を出た。

八

御府内は朝から強風が吹き荒れていた。この時期に吹く風は、砂塵《さじん》を舞い上げ、家の戸をうっかり開け放しておくと、半刻（一時間）もすれば畳も棚も砂だらけになった。

夕刻になって、風はいっとき落ち着いたかに見えたが、十四郎たちが隅田川沿いにある水戸《みと》家石揚場《いしあげば》の向かいにある弁財天《べんざいてん》に到着した頃には、ふたたび、春の嵐は荒れ始めたようだった。

弁財天の北側には竪川が流れていて、一ツ目之橋を渡れば相生町、弁財天は隅田川と竪川の交流地点にあった。

十四郎たちは、月の光が、さざなみのように立つ水面を映し出しているのを見て、弁財天の参道に入った。

参道は両脇に雑木や竹の群生が続いており、なるほど、外からは人目につきにくい場所だと感心した。

笹子屋房五郎は、強請《ゆすり》の金をこの場所に持ってくるように指定してきたのである。

「まだのようでございますね」

治兵衛が、十四郎の袖を引きながら言った。

風が木々を揺らして、不気味な音をたてている。

十四郎と治兵衛は、参道の中ほどで立ち止まり、後ろを振り向いた。

距離を置いて小田切伝八が立っていた。夜目にも荒い息をして、肩を上下に揺らしている。

十四郎は心底で舌打ちをして、頷いてみせた。

すると小田切は、きょろきょろと見回した後、参道脇の大きな栃《とち》の木の幹に伏せた。

幹は大人二人がかりで手を繋いでやっと抱えられるほどの太さで、細身の小田切の体は幹の陰にすっぽりと入って消えた。

藤七や松波たちには、参道に入るのを遠慮してもらっている。房五郎たちに警戒され、参道に入る前に引き返されるのを恐れたからだ。房五郎たち町人はなにほどのこともないが、一緒に来るであろう赤沢は、どうしても逃す訳にはいかなかった。

そういう事情を知りながらも、治兵衛は黙っていると余計恐ろしくなってくるのか、

「それにしても十四郎様、房五郎がこんなに悪い人間だなんて、思ってもみませんでした」

思い出したように呟いた。だがその目は、せわしなく参道の両脇や、自身の立つ後を振り返ったりして、落ち着きがない。

松波の話によれば、房五郎は、子供屋で女に稼がせた金をもとにして、紙屋の旦那衆に金品を贈り、こんど紙屋の株の空きがでたら、ぜひ笹子屋を推薦してほしいと、せっせと運動していたようである。

紙を商う者たちは、仲買人や担い売りなど形態はさまざまだが、紙屋の大店に勤める番頭も含めて、手始めに帳屋の店を張り、その次には紙屋の旦那として商人風を吹かせたい、と考えるようである。

もちろん、すべての人間がそうだという訳ではないが、武家の世界も町人の世界も、一つ一つ上って行きたいと願うのは世の常である。

しかし、十四郎の側でいま震えている美濃屋治兵衛がそれを望むというのならもっともな話だが、悪行を重ね、形だけは旦那衆を気取りたいなどと考える笹子

屋房五郎などは以《もっ》ての外《ほか》だ。

容赦なく吹き付けてくる風に身をまかせて立ち、そんな事を考えていると、また、ふつふつと怒りが湧いてくるようだった。

雪乃を闇の穴に誘い込んだ房五郎を憎む気持ちはむろんだが、そんなところへ追いやる原因を作った赤沢という男、それに小田切だって本当は斬って捨てたい気分であった。

「十四郎様」

治兵衛が袖を引いた。

着物の裾をはためかせ、いま房五郎たちが参道を入って来た。

房五郎の後ろには、赤沢がピタリと付き、その周りを、あのかんざしのきざな男と数名のやくざな男たちが囲んでいる。

房五郎は、三、四間のところまで近づいてきて、立ち止まると、

「治兵衛。金を持ってきたのか、それとも沽券か」

しゃがれた声で、不敵に笑った。

「房五郎、汚いぞ」

治兵衛が、十四郎の体に半分身を隠すようにして叫んだ。

「身から出た錆だな、治兵衛……さあ、おまえがここまで、持ってくるんだ……まさか、手ぶらで来たんじゃあないだろうな」

「おまえに渡す金などあるものか」

「何」

「訴えたければ訴えてくれ。そしたら、おまえも鑑札なしで子供屋をやっていたと縄を打たれる」

「入れ知恵されたな、治兵衛。そういう事なら、みんな、いいから治兵衛を隅田川に投げ込んでおやり。女に狂って身投げしたことにすればいい。おまえさんさえいなければ、次の紙屋の株は私のものだ」

房五郎はそう言うと、自身は風に煽《あお》られるようにして後ろに引いた。

赤沢を真ん中にして、やくざな男たちが、十四郎と治兵衛を遠巻きにした。

「いいか。俺が合図をしたら、参道に向かって走れ」

十四郎は治兵衛に囁く。

その時だった。

右側から風を切って、匕首が突きだされてきた。

十四郎は、治兵衛を突き飛ばし、躱した体で、その匕首を持つ腕を摑んでねじ上げた。

「いててて」

かんざしの男だった。

「おまえたち、死にたくなかったら、去れ」

十四郎は、かんざし男を、赤沢めがけて突き放した。

かんざし男は反転して、赤沢の前に倒れ込んだ。一同の目がそこに集中した。

「いまだ」

十四郎が叫ぶと同時に、治兵衛が囲みを破って、一目散に参道の入り口に向かって走った。

「待て！……みんな、捕まえなさい」

房五郎とやくざな男たちが、一斉に治兵衛の後を追って、参道の入り口に向かって走った。

その時、

「笹子屋の房五郎、質屋佐野屋殺しで、召し捕る」

松波の声がした。松波が、同心、捕り方を従えて、参道口に現れたのを、十四郎は月明かりの中に見た。

慌てふためく房五郎たちの罵声と怒号が、風に乗って大きく小さく聞こえてくる。

「ふん」

赤沢佐内は、それを耳で捉えながら冷笑した。十四郎に一瞥《いちべつ》をくれ、引き返そうとしたその時、

「赤沢、勝負」

小田切が栃《とち》の木の陰から走り出た。

赤沢は体をねじって、十四郎と小田切を交互に睨むと、

「なるほど、そういう事だったのか。よかろう。決着をつけてやる」

少しも動ぜず、すっと腰を引いたと思ったら、刀を抜いた。

小田切がそれを見て、三間ほど後ろに跳び去った。すでに咳が出て、荒い息を吐いている。

「腰抜けめ」

赤沢は小田切に吐き捨てるように言うと、体を十四郎に向けた。

「塙十四郎と申す。小田切伝八殿に助太刀いたす。まずは俺と決着をつけろ」

十四郎も間合いをあけると、静かに鞘から刀を抜き放った。

赤沢は正眼に構えて立った。外見は細いが、刀を摑んでいる袖から伸ばした赤沢の腕は黒く、太い筋肉が肌を走り、それが月の光を受けて、てらてらと光っていた。浪人はしていても、いつ襲われるかもしれないという緊張感が、赤沢に休む暇なく鍛練をさせてきたようだった。

十四郎は、八双に構え、少しずつ間合いを詰めた。

じりっ、じりっと動くたびに、赤沢も一寸きざみに移動する。

こちらもそうだが赤沢も、隙あらば、飛び込んでやろうと考えているようだった。

しかし、赤沢には寸分の隙も見えなかった。

――なるほど……これでは小田切など、赤子の手を捻るようなものだ。

亀山藩内では有数の剣の遣い手だと聞いていたが、さすがだと思った。

勝敗は、二人の間に吹き荒れる風だと思った。

風に視界を遮られ、あるいは足をとられたその時に、決着がつく。

いつ飛び込むか、爪先で間合いをじりじりと詰めながら、十四郎は考えていた。

赤沢も迷っているのか、正眼に構えていた刀を、八双に変えた。

その時だった。赤沢の顔を砂の嵐が襲った。

——いまだ。

十四郎は、刀を下段に落とすやいなや、足を踏み変え、赤沢の懐に跳んだ。

同時に、赤沢の剣も殺到してきた。

二人は、一合《いちごう》すると互いに飛び去って、また構えた。

——思ったより強い。

刹那、赤沢が上段に構えて、十四郎の頭上に飛んできた。

十四郎はその剣を撥ね返し、そのままその刀で斬り抜けた。赤沢とすれちがった時、手応えがあったと思った。

だが、気づくと、十四郎の肩にも痛みが走った。

——しまった。俺がやられたのか。

振り返ると、赤沢の袖がぱらりと落ちて、脇の下から血が、ぽたぽたと落ちていた。

もう一撃……。風の音を聞きながら、再び八双の構えに入った時、赤沢の体がぐらりと揺れて、膝をついた。

「小田切！」

十四郎が叫ぶと、ぜいぜい息を吐いていた小田切が、甲高い声で叫びながら突進した。

「覚悟！」

だが、その刀ははじき返され、小田切はひっくり返った。

——いかん、やられる。

満身の力をこめて小田切に振り下ろそうとした赤沢の剣を、十四郎は飛び込んで撥ねた。

「何をしているのだ」

小田切を叱咤し怒鳴った。

小田切は、叱られた子供ががむしゃらに突っ込んでいくように、目を瞑《つむ》って赤沢の胸を突いた。

ぐうっという赤沢の呻き声がした。

「塙殿……」

手応えに目を開けた小田切が、驚喜の顔で十四郎を見た。

赤沢は、何度か痙攣《けいれん》していたが、やがて手足をだらりと伸ばして、動きを止めた。

「敵を……敵を討ったぞ」

小田切が絶叫していた。

十四郎は、静かに剣を納めると、松波たちが房五郎たちを捕縛して消えた参道の入り口めがけて歩いていった。

「敵を討った……父上」

後ろで、小田切の感涙に咽《むせ》ぶ声が聞こえた時、十四郎はするすると、参道脇の竹の一群めがけて走った。

「ヤーッ！」

気合い一閃《いっせん》、一本の太い竹を斬り下げた。

十四郎の怒りの一刀、こらえにこらえた白刃が、今放たれて月光にきらりと光った。

その時、風が音をたてて襲ってきた。

風は、十四郎のいま吐きだした怒りを、砂塵《さじん》とともに天高く舞い上げた。

気づくと、金五と藤七が、参道の入り口に立っていた。

二人は動かず、じっとこちらを見詰めたままで、十四郎が歩み寄るのを待っていた。

「雪乃殿が死んだ……」

三ツ屋の二階で、あの利き酒の結果、新しく三ツ屋に仕入れる酒を紙に認めていた十四郎は、その手をとめて、現れた金五に顔を向け、金五がいま言った言葉を復唱するように呟いた。

「敵討ちを果たした日の翌日だ。小田切が亀山藩邸に報告に行っている間に、雪乃殿は自害して果てたのだそうだ」

「そうか……自害したのか」

あの雪乃のことだ。どんな形であれ、自身で自身の決着をつけるのではないかと、密かに十四郎は恐れていた。

お家再興が叶った今、雪乃の役目は終わったのである。

恥じる生き方よりも、潔く武家の妻として、雪乃は死を選んだのだ。

「小田切は、なぜだ、なぜだと申して、取り乱しておったようだが……馬鹿な奴だ」

舌打ちをして金五が言った。

「弔いはしたのか」

十四郎が聞く。

「遺言でな。誰にも知らせてくれるなと、そう書いてあったそうだ」

「哀れな……」

「小田切は今朝、国元に向けて旅立ったそうだ。雪乃殿の遺髪を抱いて……もう、品川あたりじゃないかな」

「……」

金五はそう言うと、部屋を出た。足音を押し殺して階段を下りていったが、途中で足を踏み外して、落ちたようだ。

「ああーっ……」

金五の叫び声が聞こえ、がやがやと金五の周囲に駆け寄る店の女たちの声が聞こえてきた。

十四郎は腰を上げて、障子を開けた。

目の前には、隅田川がまんまんと水をたたえて流れ、遠くに富士山がくっきりと見えた。

富士はまだ頭に雪を載せ、壮麗な姿を見せていた。

――名残の雪か。

と、思った。

雪乃も六年前、あの残雪を見ながら亀山藩に行ったに違いない。そして今日、変わり果てた姿で、またあの裾野を帰って行く。

何かが終わった。終わったが、胸に空いた穴は埋めようもない。

障子を閉めようとして、気配に気づいて振り返った。

お登勢が、茶を運んできて、座っていた。

黙って、いたわるような目で、十四郎を見上げていた。

「宇治の一番茶です。冷めないうちに召し上がってみてください」

はたと目が合うと、お登勢はとってつけたように言い、すっと立った。

廊下に消えようとするそのお登勢に、

「お登勢殿、京豆腐はあるか」

「はい……」

お登勢は振り返ると、ほほ笑んだ。

「腹が減った。夕餉を橘屋で所望《しょもう》してもよいか」

「はい」

お登勢は明るい返事を残して、廊下に消えた。

二〇〇三年三月　廣済堂文庫刊

光文社文庫

長編時代小説

花《はな》の闇《やみ》　隅《すみ》田《だ》川《がわ》御《ご》用帳《ようちょう》(二)

著者　藤《ふじ》原《わら》緋《ひ》沙《さ》子《こ》

2016年6月20日　初版1刷発行
2021年12月20日　4刷発行

発行者　鈴木広和
印刷　堀内印刷
製本　ナショナル製本

発行所　株式会社　光文社
〒112-8011　東京都文京区音羽1-16-6
電話(03)5395-8149　編集部
8116　書籍販売部
8125　業務部

落丁本・乱丁本は業務部にご連絡くだされば、お取替えいたします。
ISBN978-4-334-77313-7　Printed in Japan

組版　萩原印刷

藤原緋沙子

代表作「隅田川御用帳」シリーズ

江戸深川の縁切り寺を哀しき女たちが訪れる——。

第一巻　雁の宿
第二巻　花の闇
第三巻　螢籠
第四巻　宵しぐれ
第五巻　おぼろ舟
第六巻　冬桜
第七巻　春雷
第八巻　夏の霧
第九巻　紅椿
第十巻　風蘭
第十一巻　雪見船
第十二巻　鹿鳴《はぎ》の声
第十三巻　さくら道
第十四巻　日の名残り
第十五巻　鳴き砂
第十六巻　花野
第十七巻　寒梅〈書下ろし〉
第十八巻　秋の蟬〈書下ろし〉

光文社文庫